凝望

陳維賢 著

此書獻給天上的父母、兄弟，
及走過離亂年代的親人

推薦序
我親愛的二姑媽

陳功洛

有一種東西，沒有質量、沒有重量，既無法度量，亦無法分析，卻能在時間與空間中旅行。它使人驚奇，又讓人哀嘆，那就是「情感」。二姑媽的人生是各種情感的層層堆疊。

我親愛的二姑媽，我看著妳小心翼翼的將它們擦拭、收藏、再分享。情感是海潮，用令人難以覺察的方式，默默形塑了我們心中的海岸，藍色的波、銀色的月。親愛的二姑媽，聽見了嗎？那是交織對生命、至親真誠的跫音。

一九四九年國共戰爭情勢急轉直下，長江以南戰雲密布，烽煙四起，人心不安。在四川空軍學校擔任教職的爺爺帶著奶奶，隨軍撤退來台，接著南泉戰役爆發，二姑媽在台灣出生。第二年，重慶督郵街的「抗戰勝利記功碑」就被更名為「抗戰勝利記功碑暨人民解放紀念碑」，重慶易手了。

三年後，父親出生。自幼常聽二姑媽與父親說著生動自然卻難以學習的家鄉話，也常提起爺爺以前住在名為石龍場底石壩的地方。我幾次認真地以放大鏡檢視地圖，找到了四川省，卻僅看到重慶成都，遍尋不著標記有底石壩之處，年幼歲月故鄉難尋，故鄉躲在疑惑裡。二姑媽與父親，姐弟倆神往爺爺奶奶的故鄉，對兵荒馬亂之際，爺爺來不及帶離而滯留老家的大伯、大姑媽，還有其他眾親，很是惦念。最美故鄉土，最親故鄉人。即便政治氛圍冷峻的戒嚴時期，兩岸人民交流凍結，也壓抑不了心中的渴望，人為的一切政治阻隔與制度障礙，無論以何為名，終究只能阻擋肉身的接觸，既斬斷不了血緣連結，也消弭不了思念的鄉愁。

分隔五十七年，二〇〇五年秋天，二姑媽帶著我飛抵成都，在當地地陪楊先生協助下，先尋找奶奶的故土，亟欲探訪舅公的芳蹤。找了六天，也盼了六天，沒有結果，只得黯然離開，重燃希望，朝重慶的合川奔赴。

石龍場已易名香龍鎮，底石壩在很深很深的山裡，我永遠記得當時，二姑媽和我坐在地陪破舊的小車裡，她凝望遠方，心情像山路般顛簸起伏。終於有一個深刻的目的地，朝爺爺生長、父親身歿前魂牽夢縈之處挺進。

香龍鎮仍是崎嶇難至之處，「蜀道難，難於上青天」之話不假。當地耆老甚少外流，甫一尋訪，爺爺少小相識之故舊紛紛爭相走告，大伯聞訊趕至，年幼時聽二姑媽與父親描述，爺爺離家時，大伯正值年少，兩岸分治，光陰荏苒，今已是兩鬢斑白的遲暮之年。

大伯初見這位自台灣來的妹妹激動萬分，二姑媽亦是淚眼婆娑，我聽著他們將爺爺隨軍校撤離後，本已失落的兩地往事逐一串起。原來，解放軍入川後，發動清算，眾親都被列為有「台屬」的人員，不允許在政府機關任職，教育也受限，前途發展當然受阻。但「禍兮，福之所倚；福兮，禍之所伏」，香龍鎮山高水遠，政府號令有時鞭長莫及，幾波政治動盪都尚稱平和，眾親在黃桷樹神庇佑下得以保身。

爺爺在兩岸開放前就已過世，父親因為胃疾亦在九〇年代初往生，二姑媽，一個嫁出去的女兒，有著苦難後的練達堅毅，如她在《這麼一個花香黃昏》中寫道：

年過三十五以後，人生的各種滋味入心間，從失落無奈轉生出對世事的欣賞讚美，讓人越看越順眼，覺得這個世界美好的東西越來越多。

將照顧奶奶與家族的使命一肩擔起，完成了爺爺與父親的遺願，因戰亂而中斷半世紀的血脈得以重新聯繫，也向我這後輩展現了面對命運，身體力行的不屈意志。

二姑媽一生飽受經濟困頓、失婚摧殘、子女離散，諸多即便只經歷其一，亦足令人從此不振的難關，終究沒能屈撓二姑媽的心志。爺爺奶奶是她心靈的堡壘，那段艱困的歲月，依靠奶奶那只墨綠色的寶石戒指，傳承自爺爺的閱讀寫作習慣，她簡直如思鄉溯游的鮭魚般，追蹤家鄉的氣味，奮進、蟄伏、奮進，在每一處激流，在每一個深渦，在每一堵危瀑。那裡面有淚、有光、有疼，有太多不得不犧牲和割捨的錐心，然而二姑媽卻能在《繁花夢露》和《珠寶盒》中說：

「千古人生，我們都只能切入一瞬。」

「生命再韻華，終歸寂滅，往事淡出記憶，何嘗不是智慧？」

不經一番寒徹骨，焉能悟得如電如露的幻相人生。

世上每一種情感都獨特而珍稀，過往歲月，層層累積了我們的人生。二姑媽的筆，紀錄了生命情感的刻度與重量，寫對爺爺的孺慕之思，對奶奶的深情懷念，雖是落日，亦見長煙裊裊。《凝望》一書，橫跨兩岸，縱長數十載，細膩真摯，令人動容，願讀者能共賞生命的驚喜、哀愁與平靜，並在各自的人生中擁抱屬於自己的燦爛！

自序

凝望 因為愛

出了《最美的一季春》後，我像榨乾汁液般，明顯的瘦削萎頓下來，再也承受不起回憶的痛楚，書寫家族因此擱筆。然而記憶裡裝載太多的憂歡悲喜，不時浮現上來，在腦海撞擊的聲音別人聽不見，我心卻歷歷。

二〇一二、二〇一四，小小龍女和德宇相繼誕生，家族增添新成員；二〇一五、二〇一六，大陸的姪兒分別由重慶貴陽來台灣探視我，兩岸親人大融合，家族圖繪益見豐富瑰麗。

感動之際鼓起餘勇，將《這麼一個花香黃昏》中部分篇章，及這些年散見於報刊的家族文稿，並結合了《最美的一季春》，彙編成《凝望》，於是幾近完整的家族拼圖因緣成熟，終能以嶄新的面貌和讀者見面。

一九八五年第一次重返高雄旗山農校，探訪爸爸教書，我童年居住過的日式宿舍。尋根之路從此展開，冥冥中感悟到，不親自走一趟父母流亡的地圖，無法卸下我今生宿命的任務。

於是從兩條路線啟程：

北斗→高雄旗山農校→屏東東港空軍防空學校→花蓮吉安空軍防空學校

台中↔成都↔重慶

那些年，憑著記憶中兒時父母言談的描述，在兩岸的城市鄉鎮間往返溯游，縫合世代，織構親情，父母凝望終生的返鄉路代他們完成了，贏得成都的叔娘讚我一聲「女英雄」。

一切只是開了個頭，許多答案仍有待後輩去探索。

華髮之年，夕陽映照在滿是皺褶的臉上，有一股驅力不斷在體內膨脹翻滾，北窗下凝思沉吟，振筆疾書，將所想所知所行在人間留下墨痕，讓後代子孫知曉，陳家有個老姑婆，獨飲生命苦汁為家族，尤其是在台灣的這支血脈，留下可供緬懷的事蹟。

對陳家，我「不容青史盡成灰」，片片段段的文字，就算擣撦不周詳，也竭力做到「留取丹心照汗青」。

功洛有文好筆，大學時期即完成一部十三萬字的小說《糞金龜與冥王星》，寫中輟生的故事。文字透露對生命態度的拉扯糾結和無奈，軟弱幽微卻又堅強巨大。是個早慧的孩子。陳家文學種子必有另一季春暖花開。

總有一天我長長的親情會繫不住記憶，請務必將家族書傳遞下去。

一九八三一場婚變，我和兒女都成了祭品，風暴中屈辱的爬起來佯裝堅強，其實到現在都還沒站穩。

我用寫作呼喊疼痛，兄妹倆含恨吞淚，步步走遠，我只能凝望，眼眸深處盡是哀憐，生命中曾有的燦爛華麗，皆付蒼茫。

到底要用多少淚，才能喚回一點情？不得不信人與人之間是有緣份的，有些人緣淺情短，有的人緣深意長。不論深淺長短，都有無限不捨與牽掛。

藍波和荷花，沒有人想了解母親的來歷，一個外省第二代的女子，是怎麼嫁給台灣郎的？更無意溯源，去弄懂他們的外公外婆是如何來到台灣這塊土地的，我卻一廂情願的敘述上個世代的故事。不說怕他們不知道；說多了怕他們煩躁；說少了連個輪廓都交代不清。

故事從哪裡開始？自己弄懂了多少？拼湊齊全了大時代的家族滄桑嗎？他們又願意傾聽，隨著我的脈搏躍動嗎？

文字那麼赤裸裸的呈現我的憂傷與企盼，上天還是偷走了我的親情，終信東風喚不回！

值得慶幸的是，上天終究是悲憫我的，給了我三個可愛的孫子女，以及弟妹和小龍女兩家人的愛，常殷勤問候，回來抱抱我，讓我知道有人在乎我。就這一絲亮光，已足照亮餘生。

秋已深，心裡仍有個不醒的夢，站在生命的窗口凝望，因為愛。

〔目次〕

第四章　細語燈花

曾經那樣讓我流淚的人
再回首時
也不過恍如一夢

第一章 深情回眸

一九四九以後

一九四九，本以為只是我出生，一個微不足道的年代，今年突然不斷而且強烈的出現在各大媒體。中國大陸為建國一甲子大肆慶祝；台灣因國民政府遷台六十年，在政治、經濟、教育、文化等層面作檢討、回顧並策勵。六十年，是中國人的血淚史，也是我家族和個人的滄桑史。

一九四八年，父母跟著在四川成立的空軍入伍生總隊一起撤退，倉皇來到海島，從基隆下船，尋找遠離屠殺現場，可以安身立命的地方，失去家鄉的土地、親人、語言，成為龍應台筆下的「難民」。

爸爸先在屏東東港的防空學校，擔任國文教官，我出生後約兩年，調往花蓮。大地震那年，爸爸頭部被掉落的門框砸中受傷，弟弟剛滿月，媽媽抱著我倆，逃出即將墜垮的日式房子，分明是向前奔命，一陣天搖地動，逼使她摔倒在旁邊的甘蔗田。

連大陸時期算起，爸爸服務軍中大約只有五、六年。後來卸下軍職離開花蓮，在恆春中學教書，又遇到超級颱風，老舊簡陋的屋瓦幾乎全被掃空，雨水直直落在臉盆、水桶，叮叮咚咚的，全家人瑟縮在一張竹床上。

爸爸教書，理當生活穩定，卻因為加入的是青年黨，為執政當局所不容，學校不敢久留他。我九歲以前，爸爸換過六所學校，白色恐怖下流離搬遷，坐在火車上吃一顆白煮蛋就是大餐。幼小的我，不知道下一站在哪裡，又能停靠多久。

小學三年級來到彰化縣北斗鎮，一住三十幾年，算是最安定的歲月。最先住在「神社」，日本戰敗後國民政府接收的日本神殿，北斗中學拿來當做教師宿舍，我家分配到一廳一房，四口之家住得勉強。未幾，屋後空地搭建了四張榻榻米大的房間，供我起居。晚上貼在窗口往外窺伺，總覺得黑影中有什麼蠢動，隨時會從甘蔗田中殺出來。

隔壁李伯伯家有七張嘴，我家的泡菜從籬笆上遞過去，他們家的餃子烙餅送過來，就算是打牙祭。在家鄉原本是少奶奶的媽媽們，生活鉛球擲過來，柴米油鹽挑得辛苦。

上了初中，我們換到有庭院的宿舍，媽媽做家庭代工縫合毛衣，爸爸在空地種植果樹，享受了短暫卻安逸的清平時光。

一九七一年，搬進西式洋房的宿舍，命名為「文苑新村」，對不必再躲警報的上一代人，是奢侈的幸福。在這裡，他們逐一凋零，受盡折騰，備嚐顛簸的一生，像小水滴無聲落入大海，相忘於時代洪流。

走過戒嚴，台灣的天空雷聲隆隆，人人都想當家，各種走音的交響曲令人躁動不安。這大概就是民主吧，只要上個世紀的災難，不要在這個世紀重演，什麼都能接受。

一九四九以後的人生，錯落在偏安的歷史邊緣，時代新舊互替，文化東西交流，熱鬧又孤獨。我從周璇的〈月圓花好〉唱到凌波的〈訪英台〉，再唱到楊宗緯的〈回憶沙漠〉，生命曾經逐漸膨大，如今正逐漸縮小，站在一甲子的盡頭回首凝望，凝得入神。

我的老師爸爸

高一開學典禮那天，校長在升旗台上宣布，陳光華老師是我們高一丁班的導師兼國文老師，同學立刻鼓起熱烈地掌聲。一部分掌聲是因為陳老師在學校以教學認真見長，很受歡迎；另部分掌聲則來自調皮的同學。傳說陳老師的近視有八九百度，即使學生作弊也看不見。而我，則恨不得有個地洞鑽進去。

哪個高中生不欣賞外國明星的高大英挺？那個年代，有喜歡日本影星寶田明、石原裕次郎的，我則偏愛美國斯文瀟灑的葛雷葛萊畢克（Gregory Peck），或粗獷不羈的卻爾頓希斯頓（Charlton Heston）。而陳老師，大近視、不高不帥、一口鄉音。

是的，我的導師正是我爸爸！

以前很喜歡寫週記，天馬行空的想法、不能跟父母啟齒的少女情懷，都透過它宣洩，現在可好，導師竟是我老爸，不被他笑死才怪！他當導師的這一年，我盡抄些冠冕堂皇的大道理、努力向上的勵志文章搪塞，而那迂腐的老師爸爸，居然用紅筆圈點讚美，絲毫沒察覺我的言不由衷。

每次講課前，必定用他那獨特的四川國語，把課文從頭到尾吟哦一遍，還要學生跟著朗讀。於是班上，有用國語的，有學他那怪聲怪調唸法的，鬧成一團。我羞愧欲死，老師爸爸卻不以為忤，還起勁糾正我們吟哦聲的長短，務必全班都琅琅上口。說也奇怪，幾星期後，同學都正經且有韻律的跟著誦讀，不再搞笑。

正課外，老師爸爸從《古文觀止》挑些雋永的文章，刻鋼板自費印給我們當教材，或是印一些他自己的作品，利用放學後講授，居然全班都留下來，沒有一個叫苦。

每次小考和月考改好卷子，絕對慎重的把我的拿給全班傳閱，讓同學檢驗，是不是有多給他女兒幾分。直到大家看完，沒有異議，才收回去登錄。

我的國文很多次考九十九分，他認為國文沒有滿分的，硬要扣一分。平日爸爸沒有給過我額外指導，卻是我花的時間最少，得分最高的科目，唯一的可能是遺傳。

常見爸爸寫完一首詩或一篇文章，就貼在牆上得意的搖頭晃腦，並要我查看有無需要更改的地方，改一個字五塊錢。那時候五塊錢很管用，記得我偶而得到五毛錢買包健素糖吃，就覺得心滿意足。重賞下，不管懂不懂對不對，都亂改一通。也許出於鼓勵，爸爸真有幾個字照我的意思改掉，而且很高興的叫我「一字師」。可是他從沒兌現過諾言，總是有辦法賴掉錢。

沒課的日子，他伏案寫作，冬天還好，夏天蜷躬斗室，脫去上衣，僅著條寬鬆的四角褲，露出一身白肉，眼睛湊在桌上疾書，我好玩的在他身後數汗珠。

那些汗水，起初是顆小水珠，慢慢凝聚得比米粒還大，開始往下游流竄，併吞支流，匯集成泱泱大河，仍繼續奔騰，直到遇上高山峻嶺——褲帶，才歇息，覆沒在褶痕裡。

當年少不更事，不知教書清苦，爸爸一介文人，沒有其他才能賺外快，只好鬻文貼補家用。去世多年後，我檢視遺稿，竟然大部分是有關國是建言，及教育改革、振興社會風氣之類的論文。原來，爸爸寫稿並不止是為了稿費，而是本著書生愛國，事事關心的忠誠。除了筆，他一無所有，只有不斷的寫，以期負起知識份子的責任，向生命、向歷史交代。可是他所獲得的回報只有落魄和病痛。

那些稿件，早期用蠅頭小楷寫就，工整雅潔；後期用鋼筆，勾勒分明。教一輩子書，夜晚、寒暑假，都在寫稿中渡過，沒有任何娛樂交際，遺留下來的，因年代久遠，字跡暈染，不得辨識；也因多次搬家散佚，來不及為他出版，已經蕩然無存。

除了高一，二三年級，不知是校方還是爸爸有意避開，總之，再沒被他教過，我因而慶幸。

高三畢業那天，典禮正要舉行，突然有老師跑來教室告訴我，爸爸在辦公室心臟病發作。慌忙將他送醫急救，雖然保住性命，卻導致中風，一年後退休。

養病期間，他每天拄著手杖，站在院子口，目送鄰居的小孩上下學，向他們微笑頷首。他以為他的病會好，常常說：「等我好了以後……」，「等我上課以後……」我們心裡有數，悲傷的感覺早在心底縈營。

大學畢業回到北斗教高中，經驗不足，爸爸是我最好的指導老師。看我工作忙，竟想幫我改書法。不忍拂逆他，勉強把本子帶回家，在他面前攤開，毛筆、硃砂準備好。中過風的右手是僵硬的，如何拿筆？一試再試，終於淒然放棄。

改好的作文簿，他幫我逐篇檢查，有沒有遺漏未改正的錯字，有沒有下得不當的評語。不懂的字詞或需要補充的掌故，也向他請教。這時他已咬字不清，講的話聽起來有點吃力。句子費力的從齒牙間迸出，口涎流下，我絲毫不嫌惡。重當他的學生，比當年聽他的課更用心，因為我知道這樣的日子很快不再。

爸爸去世，我親手在棺木中放進他最心愛，幾乎翻爛的字典。做七，把高中課本、文化基本教材全六冊帶去，一頁頁撕下來燒給他。

爸爸一生都在校園中渡過，教書寫作是樂趣，也是精神寄託，無怨無悔的在黑板粉筆間，繼續他永恆的職志，直到倒下去。家族中有我繼承老師爸爸的衣缽，他老人家在天之靈，應有一絲安慰吧。

窗外有藍天

沒有藍天的窗邊

爸爸退休後，學校的新宿舍才落成，那時候他已經中風數年，必須拄杖而行。

搬家那天，鄰居家家戶戶歡慶喬遷到兩層樓的新式洋房，喜上眉梢。我們家在桌椅櫥櫃、鍋碗瓢盆，各件傢俬都擺置妥當後，難題才開始浮現。樓下只設計了一廳一廚一衛，三間臥室全在樓上，對兩腿無力的爸爸極為不便，但他還是堅持住上面，不願在客廳架設床鋪，怕門面不好看。這份苦心，我一直到中年才體會出來。

起初，爸爸用他特異而吃力的姿勢勉強爬行上樓，幾天後就因自卑懶怠而不願下樓，從此三餐全由媽媽跟我輪流用托盤送上去。

爸爸的房間不過三四坪大，安放床鋪桌椅後，活動空間益發狹隘。當時沒有復健常識，醫療設備也缺乏，我們不懂這樣的環境會給他造成怎樣的傷害。未幾爸爸即完全喪失行動力，終日睏眠枯坐，斗室反倒顯得空蕩，助行的手杖擱在床頭，映襯默寂獨幽的身影。

房間有扇窗，毛玻璃鑲著木櫺邊框，外罩一層綠紗防蚊。長夏炎焚，房內那把老式桌扇賣力的嗡嗡殘喘，根本無法驅除燠熱。我把窗戶開到底，希望能帶進一絲涼風散去暑氣，效果當然不佳，爸爸也不太在意，倒因為能聽到鄰居隱約傳來的麻將聲和叱子聲，而微露欣喜。

冬日凜冽，窗扉緊掩，也鎖住外界所有能與爸爸互通的聲息。那個牢獄從來就鮮少春訊。

爸爸的窗與對面鄰居的，僅隔著一條五米寬的小巷，視野裡缺了天地，鄰居又拉上窗簾，終年不見人影，只能在晚上憑昏暈燈光，讓爸爸判斷是否有人在屋裡活動。我們家幾乎不見訪客，爸爸窗內窗外，長年能見的只有媽媽、我，和偶而回家的弟弟，日常僅以薄薄天色辨識晨昏，酌量醒睡。

多少年後我懂得了荒涼，才不忍，也不敢想，爸爸隔斷紅塵，獨飲孤冷，心裡有多大的死沉，那是怎樣幽深的絕境，而他守了六年，沒有藍天的窗邊，是他終老的墳場。

父女情深

剛搬到新居，爸爸每天以翻閱字典自娛，說裡面有無窮盡的學問。為了陪他，我在旁邊的方桌上改作文或書法，窗外沒有美景誘惑，我們凝眉讀寫，靜夜溫柔無聲。

有些夜裏，我在自己房間撫箏，彈完一曲興沖沖跑到爸爸床前，問他好不好聽。有著一張圓臉和深邃雙眼皮的爸爸，含笑點頭。其實我琴藝不佳，連個初級的〈上樓〉、〈寒鴨戲水〉都彈得七零八落，爸爸卻興味盎然，如聞仙樂。

他本來話就不多，突然在一天早晨不能言語，我們不懂那是再次中風的癥兆，沒有及時送醫，造成永生遺憾。

從此爸爸更安靜，連讀字典的興趣也隨著消失，安守在這片沉默的天地，沒有怨怒。每次進到房間，看到的都是他坐在床上怔怔對著不變的窗外，臉頰褪去紅潤，罩上青瓷般的白皙，眼神彷彿掉入一個幽冥的黑洞。

搬到新居年餘，我結婚懷孕，害喜非常嚴重，在醫院躺了一個多月，出院後體力仍無法恢復，只得暫住娘家休養。

又回到嫁前的房間，斜倚枕上，虛弱的舉起左腳，靠在牆壁檢視，一個月掉了六公斤，膝蓋骨特別嶙峋，大腿只有別人的小腿粗。仍然不能進食，連喝點米湯都嘔出血絲。

爸爸在前屋聽到呻吟聲很著急，可是無法過來探視，我也下不了床。他在房間不時發出「喂！喂！」的呼喚，像是急切問我：「怎麼啦？好點沒有？」我卯足力氣「喔！喔！」回應，意思是好多了。聽到聲音，彼此都稍稍放心，前後兩間房再度沉寂。

兒子誕生後，爸爸的房間終於多了個造訪者，我不時抱起兒子站在桌上逗弄，他的欸欸笑聲，為這片屋宇帶來春天。兒子學步以後，著了白衫白褲的爸爸，常指著桌上的香蕉，要我剝給兒子吃，他喜歡看滿屋追逐餵食的母子圖。爸爸一定欣慰我孕育了如此可愛的孩子，能薪火相傳。

香蕉是爸爸最愛的水果，小小斗室經常飄散著香甜。他的手雖不太靈活，剝香蕉的技術卻是一流，被他剝食剩下的香蕉皮，依然脹鼓鼓完好如初，可以亂真。有時候我不察，伸手摘取才恍然上當，爸爸詭計得逞，吃吃奸笑，簡直是個老頑童。窗外平平直直的光線照在他臉上，看不出深淺明暗，卻是小屋裏最美的圖畫。

孤冷歲月

一九七七年元月八號，清晨四點多，在隔壁房間側身而睡的媽媽，突然覺得有人從背後推她一把，大驚而起，連忙喚醒我來到爸爸房間，目睹爸爸正在生死線上板蕩掙扎的一幕。此後多年，那駭人魂魄的場面，反覆出現於夢境，極不願相信爸爸是這樣離開的，總以為他會迴光返照，開口說話，交代後事，然後很瀟灑，或很安詳的走遠。等爸爸身軀慢慢平復，媽媽為他覆蓋一張幾天前就準備好的紅綢在臉上。我伏跪叩首，號啕大哭：

「爸爸好走！ㄚ兒送您。爸爸好走！ㄚ兒送您。」

然後起身打開窗戶。窗外一片黝黑，寒氣迎面逼來。

我想，此刻爸爸定已來到窗邊，好奇的向外張望，今後再也不必屈就那雙不良於行的雙腿，再也不必侷囿在這間小屋，可以走，甚至飛，穿梭窗裡窗外，越過山巔白雲，去看他嚮往已久的大千世界，應該很高興吧！

我國小約四五年級，爸爸第一次中風，假日去醫院探視，回程在車上，看見有人站著我就讓座，即使有空位也不就坐，偏執的認為，可用這種方式積德回報給爸爸。果然他出院後沒有明顯的後遺症，一直教書到我高中畢業，爸爸才再度中風，退休。

大學畢業，回到母校任教，不久我們就搬到新家。

在這幢房宅，我利用課餘幫爸爸剪鬍子、指甲、洗腳，即使出嫁，因為與娘家離得近，這些事也由我包辦，這是我們父女最親近的時光。

爸爸的鬍子白了多少我最清楚；爸爸的指甲橢圓紅潤我最羨慕；爸爸的香港腳是我為他塗的藥；爸爸深夜喘息不能安睡，隨侍在側的，也只有我這個女兒。爸爸的兒女中，以我跟他最親，也是唯一繼承他衣缽教國文的人。我以能替爸爸盡心為榮為傲，然而，行年越長越自責，在我們共有的二十七年裡，只服侍過爸爸的色身，卻無法了解他心靈的另個層面。

他辭世後，我站在陳設未變的陋室環顧，窗外沒有花草蝶鳥，沒有朝暉夕陰；窗內沒有字畫照片，沒有電視收音機；伴隨他清冷歲月的只有青燈一盞，煙黃字典一本。澹泊無求的晚年，不能行走，不能言語，卻沒有發過脾氣，沒有說過喪氣話，他是怎麼渡過這些慘白日子的！而我，我們，又是怎樣凌遲一個沒有明天的老人的！

繁華落盡

爸爸早年熱衷過政治，有番抱負，不解的是，他的摯交好友都當上了什麼委員什麼代表，只有爸爸淪落江湖，窩在小鎮，當窮教員終其一生，沒人知道他對政治的熱情為何銷蝕，還是時運不濟，以致潦倒終生？

爸爸少年得志，曾有海闊天空的風發豪情，是人們口中的袍哥大爺，家裡有川流不息的訪客，奶媽僕人齊全。媽媽不管世事，弄不清楚這些盛況因何而來，又因何煙消雲散。我生年也晚，來不及看到爸爸當年煥發的英姿，只看到歷經滄桑，貧病交迫的老人。是壯志難伸、病魔摧殘，將爸爸對政治的夢想壓得粉碎嗎？我不知道。

也許爸爸看清了權勢背後的齷齪，所以選擇隱埋鄉野？我不知道。

爸爸最後那幾年總是端坐如石，凝視窗外，在想什麼？思念他離散的親人骨肉嗎？那個封閉的年代，又隔了萬重山水，縱然望斷雲月也是惘然，故里親族在時光淘洗下，只剩一片鄉愁。啊！爸爸有鄉愁嗎？我不知道，真的不知道。

生死觀照

步入中年後期，我踽踽尋覓苦參不得的真相，想要進入爸爸的內心世界，遺憾文字湮沒，老成凋零，無從查詢。有時候靜坐冥思，如果當年爸爸沒有棄政從文，或許會改寫我們一家人的生命樣態；也常想，或許人一生的命運早就在無聲無息、不知不覺中慢慢醞釀進行，然後驀然呈現。果真這樣，那生命不論過程如何，結果如何，都不用驚悚嗟怨。

我甘於平淡，從不埋怨爸爸沒給我富裕的生活。打唸高中起，就一面領獎學金一面申請監察委員陳翰珍辦的獎助學金，並懇求立法委員李公權的資助；大學更要打工兼差，才能完成學業。教書後標會還清債務，每個月攤還死會，不曾怨天尤人，倒是養成節儉助人的好習慣，對萬物深具悲憫心。應該就是這樣孕育出來的吧！

然而我害怕，害怕有天會像爸爸那樣，在兒女尚未成熟到懂得觸撫父母的心弦時，就撒手人寰，於是急急將對親人的情感，即使是最卑微最不足道的隱晦深情，都化為文字紀錄，供後代思維借鏡。我堅信，年輕的兒女終有一天會想回頭認識我這個母親，而展開心靈探索，就有依據了。

由於對爸爸有份深沉自愆，使我在日後照顧年老的媽媽時，時時刻刻不敢疏失，經常柔聲告訴媽媽我有多愛她，不管她老到什麼程度，病得多麼嚴重，都會守候在身邊，請她放心。媽媽可是我最親的人，儘量體貼心意，給她最有效的醫療，她多次遊走鬼門關，都在我求神佛庇佑，鍥而不捨延醫治療下挽回性命，媽媽的安危牽動我整個思維。盡孝是本然之務，又何嘗不是在彌補過去對爸爸的歉疚！

爸爸的眼睛

爸爸早年的文稿皆已散佚，然而他沉痛無言的孤影就是最好的教材，供我覺觀檢視，形雖不在而神相左右，我的心、我的眼，為爸爸延伸，悲歡與共。在台中覓新居的時候，一眼就相中這棟臨溪矗立的高樓，因為它有四序變化的窗景，這片窗就是爸爸的眼睛，藉著它，爸爸過去沒能擁有的，我要仔仔細細幫他看回來。

常和媽媽並肩站在窗前賞景，同時也在心中和爸爸聊天：爸，看到陽台上種的花草了嗎？看到樓下那彎流水了嗎？岸邊有兩排隨季節換上不同顏色的欒樹；再往上是大片藍天，在這裡朝觀旭光，夕賞落霞，快意當前；春雨秋雲，夏暑冬寒，風光殊異，您一定目不暇給吧！

啊，爸爸快看！微雨的小溪飛來兩隻白鷺，纖細小腿在寒風中無畏前進，一步一啄，時而並行時而前後，是夫妻？是父女？替峭寒大地帶來無限暖意。春近了吧？爸爸！

落日長煙

我的臥室有好幾座櫥櫃，用來掛放家人的衣物和用品，其中一座的兩扇門內，貼滿了我在報章上發表過的文章，重重疊疊，密密麻麻，外子說那是「符阿」。因為有些泛黃，乍看之下，再發揮點想像力，確實像道教用來驅邪的符籙。幾次要我撕掉，我皆不從。

父親熱愛文學，教書之餘，一方小桌上閱讀寫作，就是天地。寫好後貼在牆壁，邊欣賞邊吟哦，過會兒又拿下來更改，然後再貼。有時候看見我在身旁打轉，也叫我改，一個字五塊錢，改對了就封我為「一字師」。父女倆相唱和，家中壁面因而有更多斑駁汙漬的印痕，常惹得媽媽氣極敗壞，撕下來揉碎，丟擲在桌。他也只是無奈地笑笑，攤平，再伏案。

父親誕生在專制與民主交替的夾縫年代，歷經抗戰、國共內鬥，曾經果敢的涉入政治漩渦，企圖在亂世崢嶸出一番事業；也曾經當過袍哥大爺，受人奉承尊敬。然而這些意氣風發，都如過眼雲煙般快速消逝。一九四八年，在難民逃亡的狂潮中，眼睜睜看著歷史轟轟烈烈走近，又沒聲沒息地離開，時代光點忽隱忽現，落在他命運錯置的一生。

出生於農村的父親，從小喜好讀書，下筆成章，鄉人稱他為「神童」。四川大學中文系畢業，本可以在社會上大展長才，孰料戰亂下離鄉背井，委身海島的鄉下學校教書，貧病潦倒終生。自有記憶以來，我沒見過父親有任何應酬和不良嗜好，靜夜裡閱讀四書五經、紅樓夢、玉梨魂……，寫他心中的江河湖海，兒女情長，在文字裡享受最美麗的寂寞。詩詞、歌賦、論文、小品，一落落稿紙堆疊牆角，乏人問津，仍然固守著他的文字修行，直到晚年。他有個隱隱做疼的傷口，從來沒說過，上天不給他機會，中風，廢了右手；再中風，啞了嗓子。

我常以淒涼的心情，回望他起始的尊嚴與生命盡頭的卑微，有著無比感傷。他默默走完了歲月，留下長年孤寂寫作的背影，清晰刻印在我心版。我想，我之所以創作，不只是希望把心中的痛楚寫成文字療傷，原始的基因應來自父親。不以成敗論英雄，他確實一路牽引了我。

時間的光影在父親與我的書桌上移動，站在時光隧道的這頭，遙望父親的堅持和敬業，撿拾散落滿地的吉光片羽，用它傳遞心聲，寫自我的生命軌跡。感激父親的身教，當挫折考驗我時，始終能守著閱讀、寫作這項陽光正向的興趣，不致陷落。

父親離開已經四十年，偶而出現於夢中，醒來酸楚，直想奔赴夢境，重溫瞬間的孺慕。更多時候，儘管文章已經上了報，集成書，仍然以虔誠的心剪下來貼在櫥櫃門內，與父親的貼在牆壁，有異曲同工之妙。不是自戀，而是複製記憶，與父親心念相應，彷彿他就在身旁，從未離去。

千古猶存

搬到台中定居的時候，爸爸盈尺的手稿全放在北斗娘家，思忖著有空再回去整理出版。爸爸不煙不酒不應酬，教書之餘就只愛看書寫文章，寫成後貼在牆上，對著它高聲吟哦，無限陶醉。那些年，稿紙是我們家唯一的壁飾。

無論寒暑，爸爸伏案疾書的背影，在我十八歲以前，留下最深的記憶。到底他寫了多少篇？是些什麼內容？年少無知的我不曾留意，只模糊記得有對聯、多情浪漫的敘事長詩；憂國憂民針砭時代的論述；高瞻遠矚的教育理論。知識份子對家國的使命感，像熊熊烈火，燃燒起爸爸炙熱壯麗的鐵漢豪情，化為文字，躍然紙上。然而，發表過嗎？刊登在哪裏？有讀者共鳴嗎？為何沒有集結成書？年輕的我不懂得關心。

之後我負笈他鄉，戀愛、結婚、生子，爸爸中風，生活倉促混亂。步入中年後心海微瀾，而爸爸早已孤冷轉身。他老人家在文字裡訴說了怎樣的人生況味？生命之河裡流淌了怎樣的昂笑悲鳴？從遺稿應不難揣摩理解。可是天殺的我，仍以忙為藉口，繼續冷落他放在抽屜內的血淚心路。

直到二〇〇七年，爸爸退休的學校來公文，即將拆除老宿舍，限期搬遷，我才再次踏上久無人居的娘家二樓，滿屋塵垢中尋覓爸爸滄桑一生的見證。流光輕甩，距爸爸逝世，飛過三十年。

那天我在三間臥室的書桌內翻找，哪怕片言隻字也好。沒有！沒有！沒有！不見的，包括爸爸嗨袍哥的紀念物，還有我層層包裹收拾好，替荷花女兒四歲到六歲錄下的童言稚音。慌亂中突然記起媽媽多年前曾說，她都挪放在停用的廁所內。重新燃起希望，將廁所門上滿是鏽斑的鐵栓費力拉開，映入眼簾的，除了蛛網灰塵，破損的馬桶和水箱外，別無他物。一陣揪心，背脊發冷。媽媽的記憶顯然有誤。或者早當垃圾丟棄，而故意用話搪塞我？

又回房間搜尋，終於在卡住的抽屜底層，拉出幾張縐縮泛黃的稿紙，端正蒼勁的鋼筆楷書，正是爸爸的筆跡。共有〈勤儉第一〉、〈有志者事竟成〉、〈學風敗壞的原因及其挽救之道〉三篇。終能與爸爸僅存的翰墨重逢，熱淚如雨。

紙頁漫漶，猶可辨識。夏日正午，倚著蟬聲微風，逐字讀去。

區區三篇文章，無法解讀爸爸的生命密碼，然而他老人家對當時教育的改革意見，放諸今日，猶見高超精闢，捧讀間感受到一股躍動的熱力，流竄心田。一生埋首紙墨間的身影，深刻雕琢在我心版。

在另一間臥房，破舊的塑膠衣櫥裏，意外摸出一張，藍波國二時獲得的省政府教育廳獎狀。原來他在工藝課釘製的書報箱，參加一九八七年公私立中學工藝展，獲得佳作。遺忘多年，如今又重見天日。

尺幅天地，紀錄了兒子少年時期努力耕耘的成果，他素來認真寡言。在媽媽眼裡，寸縷都是榮耀，我會珍藏。

牢牢握住稿件和獎狀，彷彿緊挨著親人的心，趺坐在剝落殆盡的塑膠地板上，靜靜注視著窗外世界。

三七五巷六號的老宿舍拆除後，將闢建為北斗鎮托兒所，此後這裡會充滿兒語嬉笑，生命即將再起，我看見活潑美好的未來。

凡跋涉過的，縱使形骸飛入大化，千古猶存。

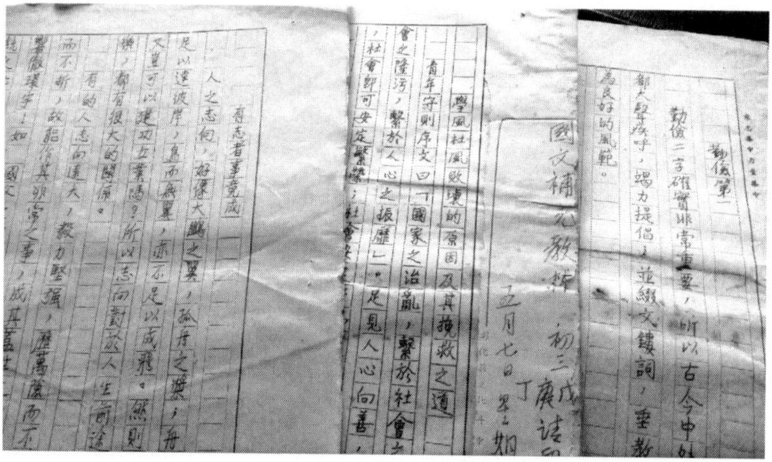

告別老屋

爸爸以前配住的教師宿舍，因為我和弟弟相繼長大離家，媽媽老病住進護理之家，而空寂下來。原先在這裡安身立命的二十多戶鄰居，也多半走入歷史，各家子弟江湖飄零，歲月刻痕忠實的雕鑿在屋瓦牆垣。老人老屋默然相對，不復三十多年前大雜院的人聲鼎沸。

偶而帶媽媽回舊居住住坐坐，到隔壁鄰居家串串門，重拾遺落在這裡的部分歡笑，眼裡嘴角滿是歡喜踏實。媽媽說這裡是她的「窩」。

終於面臨拆除的命運。

「什麼時候拆？學校會給多少錢？」幾個七八十歲，生活還能自理的老老師，聚在一起搖頭，大聲交換打探來的情報，互相詢問將來要住兒女家還是安養院。校方和他們及遺眷開了幾次會，老人家對爭取權益有心無力，只有接受命令，在七月底前淨空房舍，領點搬遷費，茫茫然，不知該把老身塞到何處。

就這樣，一群半生奉獻給教育界的老人，在不安不捨中啞著嗓音，告別左鄰右舍，及住了將近四十年的文苑新村。前程有限，各自奔赴。

媽媽的心情倒是平靜，似乎遺忘了她曾經在意的「窩」。

七月初一個清晨，準備好垃圾袋、清掃用具、手套、口罩，外子載了我和功洛，趕回宿舍清除所剩不多的舊物。殘破的榻榻米、塑膠衣櫥，摧枯拉朽般，從二樓陽台扔擲到樓下門前，和床褥沙發、舊衫破鞋堆疊一起，以便清潔大隊的人來載運。

半天光景，兩廳兩衛三房的雙層建築，便回歸到三十六年前的空無，只剩下幾根鏽蝕的鐵釘，冷冷凝在曾經是珍珠白的牆壁。屋頂上方，橫著一條不會發亮的日光燈，無言俯視著我們，沒有情緒，是歲月的沉澱嗎？或者已然看透了無常？

這個家，爸爸在這裡走完他生命中最晦澀幽寂的旅次。那一夜，千山獨行，唯我相送。

這個家，弟弟青春年少的清瘦容顏，仍飄蕩在某個次元空間。

而如今他們的家，一個在慈善寺，另個在和平禪寺。

站在空蕩的客廳，望向廚房一隅，恍惚間，媽媽正在烹煮，微暗中傳來鍋鏟碰撞的聲響，空氣裡飄來陣陣煎得兩面金黃焦香的白帶魚的味道。

往事在腦海飛馳，冷慄與溫暖交織翻湧，走過，一切都成印象。

完成大事，姪兒仰躺在紙箱上休憩，口罩遮去他大半個臉，沉默下的堅毅教人心疼。

「如果生命能期許，願喜樂平安永伴隨你。」我在心中默默祝福。

小鎮故事順利劃下句點，這裡沒落的，在彼處生根萌芽。

午後，清潔大隊的人員，將最後一張書桌抬上卡車，一片鳳凰花瓣飄落腳邊，操場那頭，風聲隱隱響起，攪亂我的頭髮，眼角聚起紋路。

告別老屋，告別門前用來等人的長明燈，這裡沒有歸人。

天，依然藍得清澈。

走過門前

回北斗幫媽媽辦點事。

出了鎮公所，雙腳禁不住往光復路的文苑新村挪移，明知那裡已沒有「家」，還是忍不住想回去看看。

老家是幢國中的舊宿舍，暑假中被校方催討收回，說是要改建為托兒所。老鄰居們紛飛南北，各覓棲所，應了紅樓夢裡那句讖言：「三春過後諸芳盡，各自需尋各自門。」訪舊，還能遇到故人嗎？

門上一把陌生的大鎖，是學校派人來鎖上的。歸人變成過客，手上這串鑰匙已無用武之地，沉沉拉開拉鍊，放入皮包。

對門是許媽媽家，外牆上的電錶水錶已拆除，記得她說要搬去台北和兒孫同住。果然人去樓空，獨留悵惘。

媽媽跟許媽媽最要好，用餐時間常端一碗飯，妳到我家，我到妳家，就這麼自在的吃起來。

許老師往生多年，獨居的許媽媽愛打點小牌，週末下午約了鄰居媽媽們在客廳雀戰，媽媽是座上嘉賓，消磨不少閒閒時光。

兩個老人都愛散步，當時身體也都還好，邊走邊聊，逛到著名的田尾花園看花是常有的事。有一回因為思念，竟聯袂搭客運車到田中國小去看望我的荷花女兒，正巧遇到放學，媽媽還幫她揹了一程書包呢！

每每想起這段往事，眼眶就湧出感動的淚水。媽媽嚴厲，從小至大，無論我多麼刻意討她歡心，或是受了再大打擊，都吝惜給我一抹關懷鼓勵的眼神，然而在外孫女面前，卻展現了無比柔軟的親情。到底還是愛我的。

前些年許媽媽經常住台北，我也把媽媽接到台中照顧，老人家見面機會少，又都重聽，不便接電話，只怕老房子拆除後，聯繫更難。

媽媽離開大陸老家的手足到台灣來，能與許媽媽結段姊妹情，溫暖相伴，自是福氣。這份恩情我謹記在心，無以為報，只有在這裡祝許媽媽兒孫滿堂，福壽綿延。

再過去幾間就是林媽媽家，同樣是鐵將軍把門。

林老師走得早，幸而四個女兒都孝順，接了媽媽輪流住，小女兒新婚時，還帶著蜜月旅行。

老師得的是癌症，自知不久於人世的某日，攜了太太，挨家挨戶謝罪辭行。「我就要走了，過去做得不好，有得罪的地方，請您多多原諒！」然後深深鞠躬。毗鄰幾十年的老同事老鄰居，緊抱擁別，淚沾衣襟。

老師學問好，人緣佳，畫得一手好畫，開過畫展。坦然面對生死，道德勇氣凜然，典範長存。每趟回老家，必要過來探望林媽媽，向老師遺照合十，警惕自己也要沒有憾恨的走完一生。

偌大一個文苑新村，如今只剩三戶人家，打算和校方的最後通牒做拉鋸戰。門扉緊掩，靜悄無聲，想必正在午睡，小院內稀疏幾個盆景也無精打采。

臨別再看一眼紅漆已經剝落的老家大門，院牆邊的夾縫，竟冒出一棵日日春，秋風中，紅花綠葉，搖曳款擺，向我頻頻道再見。

記得當時年紀小

我長維雄弟三歲，童年至青春，一直是親密戰友，最佳拍檔，成長記憶黏纏扭攪，如今走進昏黃，往事歷歷，只是那段歲月，已經沒有人可以印證。

童年故事就從爸爸教書的高雄旗山農校拉開序幕。

那年弟弟約三歲。梅雨季的午後，爸爸改作業，媽媽睡午覺，我們無聊得發慌。弟弟拉拉我的衣角，細聲說：

「ㄚㄚ，魚！魚！」他從來都跟著爸媽叫我的小名。

我們互使眼色，溜到廚房桌邊，躡手踮腳掀開紗罩，挾起一塊鹹魚，飛快鑽進雨衣覆蓋的餐桌底下，矯健如鼠輩。你一口我一口，輕輕吮指咂嘴。爸爸的雨衣是最佳帷幕，隔絕大人視聽。吃完再如法炮製，津津有味。

晚餐時分，媽媽邊罵邊燒開水，因為茶壺裏的水全被我倆喝光了。

我們住的日本式宿舍對面有座魚塘，每遇颱風，池水滿溢，鯽魚泥鰍流瀉一地，在屋前小路上噼啪亂蹦。風雨稍歇，大人小孩，人手一個鉛桶撈魚去。弟弟興奮的指著地上大叫：

「ㄚㄚ，魚！魚！」

家家戶戶慶豐收，只有校長大人愁眉苦臉。

後來我們隨爸爸調職而搬到北斗鎮，弟弟也上小學。在這裏，調皮好動的他，展開一生精力最充沛，最鮮猛的絢麗時光。

鄰居中，和我們姊弟年齡相彷的玩伴有十來個，放學後相約在鳳凰樹下，男生耍豆莢當關刀、彈玻璃珠、掀牌仔；女生拿花瓣做小鳥蝴蝶，再不就跳橡皮筋、跳房子、玩皮球。

我們也提著鋁製茶壺到處灌蟋蟀。灌不出來，男生便用樹枝戳呀！挖呀！一會兒蹦出隻黑褐色小東西，大伙兒又是尖叫又是搶抓，小臉脹得像坨紅燒肉。

蟋蟀不動了，女生扮起巫婆，用手拍打地面，唸唸有詞的禱祝，有時還真能讓牠四肢震顫，起死回生。那些咒語如今早遺忘到爪哇國，然而煞有介事的儀式，還安穩放在記憶之城。

男生沒有耐煩心，早獵狗般去尋下個洞口了。

暑假才恐怖，臭男生毒得跟正午的日頭似的。

弟弟組了捕蛇大隊，用蚯蚓釣青蛙，再把牠五馬分屍去釣蛇。住家附近有條排水溝，雜草叢生，臥蛇藏鼠，那是他們大展身手的戰場。找根竹竿當釣桿，再偷條媽媽的縫衣線，不用魚鈎，青蛙腿就是最棒的誘餌。有次果真釣起一條虬曲小蛇，男孩們立刻蜂擁而上，把牠砸得稀巴爛，留下一灘黏糊糊的殷紅色在地上，令女生怯步。

暑假作業？那是開學前一天的事。

弟弟渡過連狗都嫌的日子後，終於安份些。有天媽媽做了一道紅燒田雞，香噴噴上桌，他筷子也不敢伸，離那盤菜遠遠的。聽說蛇肉清熱，弟弟愛長痱子，媽媽特地燉湯給他喝，把他嚇得奪門而逃，抵死不吃。

當年的快樂果然跟著一絲罪惡感。哈哈！

上初中後弟弟迷上籃球，只要逮到機會就和同好廝殺，直到天昏地暗，飯菜上桌，還不見人影歸來。媽媽氣急敗壞的跑到學校圍牆邊，站在只剩半截的日據時代遺留的石燈上，扯起喉嚨喊叫。他晚餐準有盤竹筍炒肉加菜。

他球技日益精湛，經常代表學校鑿戰校際，屢創佳績，記了不少大功小功，也扛回麵包球鞋等戰利品。倒是很平常心，回家往往把東西往桌上一甩，又對著鏡子，擠弄下巴上新迸出的青春痘。

前院種了絲瓜，爸爸請人搭棚子讓它攀爬。黃花凋萎後，綠色瓜條逐漸膨脹，黃昏來臨，暑氣稍減，媽媽站在棚下欣慰的指數，告訴我哪條明天可以佐饍。絲瓜味甘氣香，清淡可口，是夏日珍饈。切瓜的時候，媽媽老切到硬塊，仔細看，竟是小石頭。原來好動的弟弟以石為球，絲瓜為籃框，又在練功，還真神準呢！

弟弟長得快，上了初中更明顯抽高，不到換季，衣褲就捉襟見肘且緊繃。食量大，每到晚上淨聽他結帳說，今天吃了幾碗幾碗，怪的是不見長肉。爸爸當教員，薪水少又多病，桌上菜色當然儉吝，不過米糧有配給，吃飽是沒問題的。

不幾年我上大學，沒錢繳學費，須向人借貸，台北一位長輩答應贊助，並請我吃飯。席間談到弟弟的食量。伯伯說，飯量大，一方面是正在「吃長飯」，另方面可能是家中菜少，又沒有肉，只好靠米飯撐肚皮。一語戳中我們家的寒微，面對眼前的山珍海味，想起自從爸爸生病以來，我們經常絲瓜湯一碗，泡菜一盤的過日子，不禁悲從中來，生平第一次感受到家境窘困的委曲和無奈。

負笈北上後，姊弟倆從此聚少別離多，在不同的學習環境掙扎成長，造就未來迥異的際遇，然而不論形體遠近，都有雙和善的眼，寬容的心，相互支持。

一九九三年清明節過後，弟弟永遠離開我們，這些年來，我不斷夢想能回到從前，回到死別沒有鑄成的那一刻，如果可能，我願有把鑰匙，打開童年大門，重返鳳凰樹下，窺探蟋蟀生死的奧祕，或許可以改寫弟弟四十一歲那年的命運。無奈結局已定，上蒼的安排自有深意，只是我太平凡，不能理解。

我的生命為弟弟預留了別人無法取代的位置，永遠記得他燃燒過的童年和青春。

我騎在馬上

總在回眸的瞬間，又看見你豪邁的「騎在馬上」，將歌聲灑落葡萄架下。

十五歲那年夏天，你愛上這首我記不齊全的歌曲。原本就不太熟悉，又加黃沙湮白飛蓬，如今只留下那聲石破天驚——「……我騎在馬上，箭一樣的飛翔……」在心頭縈繞。

上中學的時候，爸爸配住到一間有竹籬笆的宿舍，在前院種了葡萄。夏天來臨，鮮綠成串垂掛，尚未完全成熟，我倆細心撥開藤葉，尋覓紫紅的摘食，微微酸澀，如你我的青春。日光漫過棚架，閃動在你額角，痘子更紅艷醒目。

午後，汗水流淌背脊，單調無聲。風也不動。

「唱首歌吧！」我說。你有副好歌喉。

於是，課本裡教過的、收音機裡聽來的，一首接一首，喉結起伏，眼眸漾彩，網住一片情空。沒有戀愛經驗，竟唱出心碎的深情。

突然你換個曲目，拉高音量，高亢激昂。前幾首還能濫竽充數跟著哼，至此我完全束喉無聲。就是這句「我騎在馬上」，第一次驚覺糾結的五官下，有顆飛馳的心。

青春在讀書考試、考試讀書中走過，壓抑的身心，逐年膨大。一個迴旋，我們不再年少，十五歲青春的笙歌，向遠處潛去。

一九八三年，我帶著兒女回到娘家，也許潑出去的水又逆轉家門，媽媽臉面無光；也許獨居慣了，突然背後多出三雙眼睛，媽媽不自在。再卑微侍候，仍不見容。你從北部趕回來代我求情。

「家不是兒女最溫暖最安全的地方嗎？」你質問，眼神灼熱逼人，點滴溶化媽媽固守多年的冰山，我和兒女終於有了棲身地。

那段日子你常寫信回來鼓勵，將當時流行的民歌「龍的傳人」、「秋蟬」，連詞帶譜，工整的抄寄給我習唱解悶。搆不著天地的痛，因著這股力量，撐過不堪歲月。

之前我常鬧胃病，你糗我：「每年暑假都是給妳住院用的。」豈料你輕叩四十大關，正當展望未來願景的時候，卻罹患胃癌，壯志未酬身先死。一眨眼，時間竟把你偷走了二十多年！

每一思念，記憶就全速向青春倒車，彷彿又聽見那聲石破天驚，你不老的容顏穿過葡萄架，隨著丁點光影騰空，疾速湧向天際，遺音灑落……。

活著的人日益衰老，而你愈見年輕，哪天我們在另個空間重逢，可有相認的憑證？

這些年你玉勒雕鞍，遊蹤何處？人間又是四月天，銀紙翻滾，柳條如煙，弟弟，可曾望見歸鄉路？

夢迴金陵

不見弟弟已經十三年。頭七年，每逢清明前後就淚眼滂沱，這幾年慢慢潛藏，表面上不在意，只濕了濕眼眶，每天出門，仍盼望門一開，赫然就見他從陽光裡走出來微笑。

二〇〇二年十月一個傍晚，我風塵僕僕來到五十年前居住過的花蓮，如果弟弟健在，必也會回來尋根。細雨霏霏中打探到爸爸曾任教過的防空學校，聽媽媽說，弟弟就誕生在不遠處的一幢日式房子。離開花蓮那年我才三歲，記憶全是空白。

軍校戒備森嚴，衛兵不讓我靠近，只能在大門外憑弔，向著偌大冷清的校園操場喃喃自語：

「我回來了！我回來了！」

爸爸慈祥的身影呢？那個啼哭的小嬰兒呢？

淒楚滲入雨中，瘖暗沙啞。

第二年夏天，專程帶媽媽南下，重遊爸爸教過的旗山農校，那兒有雙弟弟映著藍天對我招搖的小手。

八十歲的媽媽已有失智、水腫現象，體力尚可，我想趁她記憶還不太渾沌的時候，重返故居一遊。

那幢老宅子還在，翻修後仍有住戶。舊友凋零，人事全非，媽媽站在校史館，林淵源老校長的照片前涕泗縱橫。少小離家老大回，當年餐桌下偷吃鹹魚的小姊弟安在？門前池塘依舊，只是乾涸，藤草蔓生。站在枯池與老舊宿舍間的小路，彷彿嗅到淡淡的腥味，偷偷沁入呼吸間。故園情思，如荷池漣漪圈圈蕩散，歲月淘盡親人淚，催白媽媽與我的青絲，而遠古記憶，一直嵌在某個深處，無法忘懷。

大學畢業後我回北斗高中教書，住在家裏，晚上窩居斗室和弟弟聊天，談存在主義、嬉皮，小聲抱怨對家庭社會的不滿。和所有青少年一樣，帶著憤世嫉俗的悲情，弟弟也亟欲掙脫枷鎖去闖蕩天下。不久負笈台南，名正言順振翅高飛，從此姊弟二人動若參商，見面不易。

數年後他與新婚妻子返家宴客，姊弟團圓，相偕回到童年玩耍的鳳凰樹下。綠蔭猶在，玩伴飄散，我倆也轉成大人，在各自的生命據點揮汗耕耘。弟弟緊擁著我，留下一張完美合影，春風得意，連暴牙也露出來湊熱鬧。

少年時期弟弟玩心重，成家以後卻變了個人，極有責任感，在事業上積極衝刺，三十多歲便當上知名公司的研發經理，不久又更上層樓，身兼董事長特助。一九九一年，我們在高雄餐敘，他的身材總算有點中年男人的厚實，笑容底下卻隱現蒼白與疲憊，沒人知道一種惡毒的壞細胞正悄悄在他體內大肆破壞。半年後，前途似錦，母老妻弱子幼的弟弟，竟檢驗出是胃癌末期，雖然化療，到底沒能從死神斗篷的褶縫裡閃身而過，那張在家中臥室的合照，是姊弟最後的紀念。

小時候常聽媽媽哼一首兒歌哄弟弟入睡，音韻輕軟飄柔，至今依然清晰記得：

弟弟疲倦了要睡覺，

年紀小要睡覺，

1991.11.24攝於高雄家中。

媽媽坐在搖籃邊，把籃搖來搖。
我的好寶寶，安安穩穩來睡覺，
今天睡得早，明天起來早，
花園裡面採個大紅桃。

這些年我常以為，弟弟其實並未離去，只是貪玩，耽溺在花園採紅桃，哪天採夠了自會回來，陪我到池塘邊、鳳凰樹下再玩一遍，只是這次，說什麼也不放他遠行。

髮情

爸爸年輕時候，額頭寬廣髮線高，皮膚白皙耳垂大，從相片就看出他的儒雅莊正。中年以後多病，毛髮日漸稀疏，天庭雖飽滿，然而精神萎頓。晚年中風，行動不便，剪髮的工作全由媽媽一手打理。

媽媽沒有拜師學藝，居然也會理髮，而且手藝不錯，讓我驚嘆。只見一把尖尾梳和普通剪刀，上下前後揮舞，很快就理得有模有樣。剪完，爸爸滿足的摸摸頭，望著媽媽感激又巴結的諂笑。媽媽飛快的收拾乾淨房間，不多看一眼傑作，就寒著悒鬱的臉走開，彷彿她只是受聘來理髮的師傅，職業性的做完工作，原該毫不留戀的離去。

爸爸的髮型幾乎沒什麼改變，改變的是量，由多到少；改變的是色，由黑轉白。年少的我，看著這種變化，沒什麼特殊的感覺，以為春夏過了，秋冬來臨；白晝過去，黑夜到來，再自然不過。直到他躺在床上不吃不喝的最後一星期，我獨自無助的守著，凝視數絡與死神纏鬥的灰白，才驚覺它與它癱垂的主人，隨時都有可能永遠消失。我顫抖的撫順它、親吻它，淚沿著臉頰滴在髮際，滴在永遠寬廣的額頭，爸爸依舊沉睡，一動不動。

媽媽有頭烏黑亮麗的秀髮，少女時期梳根大辮子盤在頂上，貴氣逼人。結婚後剪短，燙起一道道波浪，在風氣未開的年代，是鄰居太太又羨又妒的對象。貌美外向，她自始為耀眼的外表驕傲著，像是張開扇屏的孔雀，隨時享有掌聲。

然而我卻來不及看到絕代姿容，因為在我出生之前，戰爭砲火早就埋葬她繁華瑰麗的盛世。素顏粗服下，媽媽的喜怒向來毫不掩飾的裸露，對外人還禮讓些，做為她的女兒，就常需承受莫名的驚恐和哀怨。她也以淒美毀滅的方式自虐，我不敢探視高傲的心靈下是否也顫動著愛的需求，直到她開始以染髮來網住最後一抹青春的時候，凌厲的個性才稍稍、稍稍溫婉。

媽媽每隔一段時間就在頭髮上打一場永無勝算的仗，強行殲滅白髮，然而兩星期後，那排頑強整齊的白髮又在山頂豎立。染髮隨著時間的推移而結束，六十多歲，她終於放棄，同時放棄的還包括她堅實不容侵犯的城堡。我懷著複雜忐忑的心情走向她。

中學六年是我頭髮的黑暗時期。教官規定女生的頭髮，正面看去要在耳上一公分，而且要用黑色髮夾夾好；後面得看到青黑的腦勺。我每天頂著稀奇古怪的髮型上下學，西瓜皮、馬桶蓋，是它的名字。

當時護髮運動在各校時有所聞，烈女們前仆後繼的抗暴，終於爭得最大寬限——後面齊髮根，兩邊齊耳根。教育部官員從來不明白，問題出在腦袋裡面，而不是腦袋外面。拉鋸戰比中國抗戰史還長，教官與學生一直玩著官兵抓強盜的遊戲，每一個女生都要等到畢業，才得解除禁令。

男生的命運更悲慘，一律剃光，只有高三的畢業班，在青年節過後才能蓄個小平頭。那時候的男生，除了上課和睡覺外，都把圓盤帽罩在頭上不取下來，帽子唯一的優點是遮醜。其實帽子也很難看。

男生的護法運動不如女生激烈，但是請願聲浪也從沒歇息過，為了貫策命令，平息爭議，當時的訓導主任竟以身殉髮，自己也剃個大光頭，才弭平戰爭。幾年後髮禁解除，學生各個留西裝頭，我們的訓導大人始終光著頭顱，在校園諄諄教誨，成為歷史標誌。

上了大學，第一要務就是留長髮，那是我從小女孩以來最大的心願。天天洗頭，據說洗得勤長得快。每晚站在涓滴細流的宿舍蓮蓬頭下仰著脖子，後面的髮尾已經可以觸及頸背，酥酥癢癢的，快意自心底升起，我知道，距秀髮披肩的日子不遠了，整個人飄飄欲仙。

大二時美夢成真，瀑布似的直髮，有時候梳成公主頭，也紮兩根辮子垂在胸前，整顆心唯美浪漫。

學校在多風的山上。山風是一雙柔軟的小手，輕輕撩起髮絲撫摸，如同戀人般柔情密意；山風也是雙放肆的大手，不時騷亂一疋黑緞，舞向天空。

誰知一頭濃密的黑髮，竟在三十多歲出現秋霜。起初，這批敵人只是豎起一兩根白旗，醒目的搖晃，一旦被雷達掃描到蹤跡，立刻拔除。敵人在我進入不惑之年後愈挫愈勇，愈聚愈多，我沒有勇氣說一頭花白是智慧的象徵，也還沒老到銀髮族的年齡，忍耐到過了五十大關，只好無奈的施展防堵的虛偽工程——染髮。

戰場上武器各就各位，染髮劑、毛刷、手套、圍巾、鏡子，一應齊全，我咬牙切齒衝鋒陷陣，不過是克盡人事。有一天我也會和媽媽一樣，棄甲曳兵而逃，任由戰場上蘆葦白茅叢生。誰能很早知道人生總是白忙一場？

弟弟每次從桃園回來團聚，總是衣著光鮮，笑意迎人，微捲的青絲服服貼貼，據說那是他早起吹了半小時以上的傑作。我跳起來打他的頭，故意亂他，他叫嚷著，一手擋我，一手保護他的寶貝。

四十不到，他也花了歲月。不知是忙於公事無暇兼顧，還是男人不重外表，他坦然頂著灰白，幹勁十足。就在家庭美滿、事業推向高峰的時候，檢查出得了胃腺癌，立刻安排開刀。醫生剖開肚皮，發現已是末期，壞細胞已擴散至整個腹腔，群醫束手。在向家屬說明，並徵求同意後，又匆匆縫合。

做完化療，弟弟鬚髮盡落，光溜溜的頭顱，像剝了殼的雞蛋；身材益發清臞，宛如空門僧人。每次去醫院陪他，表面強顏歡笑，背地裡淌不完血淚。

他一面做化療，一面吃中藥，有段時間確實遏制住了癌細胞，體力雖然差些，卻充滿鬥志，也為其他病友打氣。每天紀錄用藥的劑量和身體反應，供醫生參考。我坐在床邊講笑話逗他開心，他會笑出聲，即使非常虛弱，也在嘴角牽出一絲弧線迎合，更令我不忍。

其實外表的堅強理性是武裝出來的。一天扶他上廁所，刻意避開鏡子，還是與自己照了面：高突的眉骨、深陷的雙頰、青黃的面色，眼洞尤其凹大。驚視幾秒，突然不停啜泣。

化療告一段落，頭髮爭取到生存空間，立刻奮力冒出，它與弟弟那種絕美的鬥志，親友們見了都狂喜喝采。然而欣喜的日子太短暫，筍尖剛冒出，又要做化療，再度被摧殘。

那年冬天他已經不太能進食，病房的睡衣穿在身上，就像掛在衣架上一樣空蕩，絨線帽底下一片荒涼。握著枯瘦的大手，我再也熬不住，顫抖著肩膀，任淚狂流。

擋不住壞細胞肆虐，我終於殘酷的見識到什麼叫「枯瘦如柴」。醫生沮喪的停了化療，讓弟弟回家休養。不久，細細柔柔的新髮已可輕覆額前，彷彿初生嬰兒的幼嫩。這是他得病以來頭髮最長的時候。只要再給他一點時間，它會長得更濃密，可以再梳個西裝頭，我可以再故意撩撥它，可是他等不及了。

清明節，弟弟因為腸沾黏再度回到醫院，不久併發腹膜炎。當時學校正放春假，我前去陪他，沒想到竟是陪他走完人生最後的一程。

半夜師父來了，弟弟在快要失去意識的剎那，微微一笑，與人間做最後的交流。我含淚隨著師父助念，看著他陷入平靜的睡眠，輕輕呼氣，直到最後。

一九四八年爸媽來到台灣，離亂歲月，苟全性命尚且困難，遑論攜帶家譜世系，爸爸憑記憶親筆寫下祖先訂定的「字輩」四十餘字，我和弟弟以及他唯一的兒子，都是謹遵祖訓，按字輩順序命名的。

弟弟罹癌之後，將這段文字拿出來，要念小學六年級的兒子背誦。功洛很快就琅琅上口，但是他幼小的心靈能體會「兩世一身，形單影隻」的悽楚嗎？將來要承擔起孤子的悲憤，承先啟後，獨行千山萬水，人事糾葛，江湖風險，他能以一顆平常心、澄明心洞悉嗎？每每想到這些，不禁憂心忡忡。

人往往在歷經生死後才會嚴肅的思考人生，也才真正體悟世事無常，擁有的要珍惜，失去的勿悲絕。髮絲生生不絕，是我們堅韌永恆的生命力；髮色轉變、髮量多寡，以及髮型改變，就像浩瀚多元的生命情境。從祖先到我們，再到子孫，日夜編織著悲歡離合的故事，真實映照內心。

紅塵路終要踽踽獨行，深邃的心靈觀照，使我對人、事增添了不忍和不捨，也更堅定了入世情懷。

夢痕

夜裡經常幽夢迭起，有時候，情節在翻身的剎那杳無蹤影，不復記憶。更多時候夢啼妝淚，醒來歷歷，一心只想重返夢境，再續前緣。

爸爸過世的頭幾年，老見到他在夢裏被熊熊烈火焚身，我淒厲的呼號著：「不要！不要！爸爸沒有死啊！」是捨不得他老人家火化煙滅嗎？這種夢一直持續到二十年後某個夜晚，爸爸拄杖，以土地公的造型在面前微笑，才消失。

爸爸當神仙去了！

一直不願接受弟弟真的離我遠去的事實，夢裏的他依舊有雙厚實大手，和我緊緊相扣，溫潤體熱，經由十指綿密傳導過來。

反覆夢見他生肌造骨，就要幻化成人形。「快要復生了！」夢裏強烈放送這樣的訊息，雀躍萬分。卻在最緊要的時刻驚醒，美夢難圓。

難怪唐朝人金昌緒，在「春怨」詩中要「打起黃鶯兒，莫教枝上啼。」因為「啼時驚妾夢，不得到遼西。」他定是體悟過相見無期的人兒，在夢中團聚是千載難逢，哪堪驚擾？

有陣子病得虛弱無力，不能到護理之家去陪媽媽，思念與內疚連夢也沉重。遠遠看見媽媽站在二樓窗口，無助的往下搜尋，眼神充滿焦慮不安，我也在夢鄉輾轉反側，心悸、胸悶、盜汗，掙扎醒來。

那些年不斷留連在飛花似霧的桃源，兒女永遠四、五歲，結辮繞膝，笑語承歡，一家和樂，甘願被落花淹沒。醒來方知是夢，回不去從前，空留餘恨。

夢中歲月，是傷痛過後沉澱下來的痕跡。

現實情境裏，孤獨的靈魂不能相依靠，只能以真性情在夢中訴衷情。眾裏無處尋覓的，某個靜夜，陡地跳到夢的國度相遇。多情如我，唯有通過曲折幽夢，才能與生離死別的親人依偎。雖說緣來則聚，緣去則散，當以平常心看待，然而這刻骨的相思，痛到深處，又豈止是讓人形銷骨立？

時光漫過

童年的滋味

梅子

那年夏天我小四，忽然得了一種怪病，兩條大腿出現很多紫色斑點，小如米粒，大如今日的一塊錢，不痛不癢，有沒有發燒頭暈？忘了。

媽媽帶我到鎮上的小兒科看病，檢查過後，醫生表情凝重的說是微血管破裂，叫紫斑病，開了藥又打針，叫我休息不要上學。太好了！高興得想跳起來，卻沒有力氣，回家的路走了好久好久。

經過一家雜貨店，媽媽破例買了幾顆梅子給我，平常是不許吃的，認為對胃不好，今天大概看我病得不輕，特別開恩。

回家打開紙包，輕輕咬下一小塊，在唾液中慢慢浸潤，鹹中帶點酸甜，生津止渴，勝過甜膩的柑仔糖。生病是件極幸福的事。病怎麼好的？也忘了。

梅肉吃完，籽子含在口裡，舌尖靈活的在齒頰間翻攪，貪婪吸吮。晚上含著含著，竟然睡著，夢也特別香甜。隔天醒來，回甘猶存，是童年記憶裏，最美好的滋味。

如今早過了那個年紀，出門看病，或是走在去文化中心的路上，背包裡還是有幾顆梅子備著，當我想在人群中與外界隔離，享受片時寂寞，含顆梅子，心靈瞬間安靜下來。

北窗下讀寫，梅子兩顆，清茶一盞，記憶從這裡出發，在文字裡圓滿。

老小姐的麵包

五十多年前的台灣，三餐主食以米飯為主，吃麵包是奢侈的恩寵，只有在生病的時候，媽媽才會到老小姐的麵包店買塊「克林姆」慰勞一下，偶而也買條「枕頭」麵包全家分享。枕頭麵包，就是現代人口中的土司。

克林姆長得圓圓胖胖，香甜誘人；枕頭麵包，長方端正，外Q內綿。原味本色，絕少添加物，和著迷人的香氣，每咬一口都是溫暖與感動。

所謂「老」小姐，不知她是姓劉呢，還是因為她大齡未婚，總之，我們都跟著媽媽在背後這麼叫她。她個子瘦高，眼睛斜吊，長髮遮去半張臉，塗得像日本藝妓般慘白，嘴唇倒是殷紅。見到顧客就殷勤的用她又粗又破的嗓音招呼，要不是她家的麵包在鎮上僅此一家，憑她的長相，肯定把客人都嚇跑。

三十年後，時代的列車，轟轟烈烈駛入小鎮，西式麵包店如雨後春筍般林立，烘焙手法翻新，運用不同的食材創造多樣口味，麵包不再是病中的安慰劑，而是現代饕餮嚐鮮賞味的點心。

此時步入初老期的老小姐，依然固守著她樸實的麵包店，賣著簡單樣式的「克林姆」和「枕頭」，依然用她粗啞的嗓音招呼客人。只是花白的髮髻取代了遮面長髮；駭人的胭脂不再，換上素淨，有媽媽般慈祥的臉龐，吸引我這個返鄉的遊子踏進店門，滿足兒時幸福的口感。

光陰又甩過二十年，老小姐早移民到天國去開店，我輕輕咀嚼，吟詠夢囈的，仍舊是上個世紀，與記憶緊緊相纏的童年滋味。

年菜

媽媽是南方人，和隔壁北方人的李媽媽相處久了，過年也跟著流行吃餃子，管它叫「元寶」。年夜飯撤席後開始守歲，媽媽把剁好的豬肉和韭菜，或是高麗菜和在一起，再灑上適量的鹽、糖、香油拌勻，就擀起餃子皮來。弟弟調皮，把麵糰搓成條狀，說是蛇；我也儘量發揮創意，將餃子包成三角形、圓形或四不像，甚至破掉。除夕到正月十五是「家法」假期，爸媽不會打人罵人。

爸爸洗好三個一毛錢，分別包入餃子中，初一早上吃到包了銅板的餃子，聽說這一年都會順順當當，而且招財進寶。夜裡，口袋揣著一張紅色的十元壓歲錢，聽著此起彼落的鞭炮聲，興奮指數衝到最高點。

隔天清晨，東方不過濛濛亮，爸爸喚醒我們，口中唸著：「開門見喜」，打開廳門，到院子放炮。這是每年初一例行的儀式。某年，爸爸買了個特大號冲天炮，「炮竹一聲除舊歲」剛出口，下一句「恭喜發財好運來」還來不及唸出，冷不防「碰」一聲，炮竹近距離與他擦身而飛，他應聲朝天一跤，跌個元寶滿地滾，全家拍手哈哈大笑。

吃過元寶，我們姊弟倆換了新衣裳跟在爸媽身後，逐門逐戶拜年去。運氣好的話，除了喜糖，還可討到鄰居媽媽賞的五毛或一塊錢，立刻奔出宿舍，到街上買汽球、彈珠。

每逢過年，媽媽必會燉一鍋香滑軟嫩的蹄膀，潤澤紅亮，膏脂豐盈欲滴，配上一杯桂圓酒，味蕾幸福，靈魂滿足。後來爸爸中風，不敢貪口腹之欲，晚年又失語，美食上桌，每每以深圓的酒窩與我悲憫的眼神無聲交會，許多要說的話，只能留到來生相逢時再說。

年的記憶匆匆走過一甲子，如今爸爸和弟弟相繼離去，媽媽遲暮，年夜飯，我們夫妻倆加上老媽媽，三個老人圍爐。飯後陪媽媽玩撿紅點、十點半等撲克牌遊戲，誇張的讚美，放肆的大笑，老萊子彩衣娛親，再怎麼冷清，也要歡歡喜喜過個年。

散步

爸媽都愛散步。

讀中學那幾年，爸爸每天搶著出門跟太陽道早安；媽媽喜歡晚飯後，悠哉的送斜陽。平行線上，各看各的風景。

我也流著散步的血液。

大學四年在岡上渡過，山嵐薄霧，微風細雨，約了伴同行，散步更添韻緻。那些年我們沿著菁山道，說著唱著，就來到涓絲瀑布前；我們翻過山頭，已然踩在金山背脊上；我們輕踏楓葉，陽明山北投竟一個來回。

永不疲憊的春風少年，在山路中崎嶇蜿蜒，腳步不停，嘴上的交談也沒有靜止，什麼都新奇渴望，什麼都興味盎然。

同行的人原約好走盡天涯，後來卻淡成平行線，各走各的鋼索。那年「我們」散步，消逝在穿梭的季節，別夢依稀。

陽明山已成昨日，再回眸，時間篩濾了浪漫與尖銳，生命進入另一幅山水。青絲走成華髮，山徑踏成平路，堅持的放下了，撿拾生活中最平凡的美麗，揉進步履。

傍晚時分，乘著涼風，踩著適合的步伐按摩靈魂，享受慵懶的幸福。

一條體色黃褐，四腳純白的鄰居的大狗，總適時出現，搖尾相伴。聽說四腳純白的狗叫「白腳蹄」，不吉祥，被主人摒棄門外是牠的宿命。然而夕陽下，我們仍舊譜寫著相送情，堅信愛心能破除一切迷信。

跨過健行路，科博館以一排春不老為牆，隔出內外。光聽樹名，就帶給人無盡希望。另一邊是欒樹，入秋時節，黃花枝頭鬧，風動花顫，拂了一身還滿，腳下也星點散布著碎花。黃花開過，梢頭吐出酡紅，替天邊晚霞抹上另一道胭脂。

來到科博館的廣場，找個石階坐下，看雲看天，最愛看的還是人。有運動的、嬉遊的、納涼聊天的，各自做著他們喜歡的事。靜靜欣賞，身在其中，心在其外，無限自在。

又繞到館後的如茵綠地，那位中年太太也來了，倚在波蘿蜜樹下休憩。頭繫花巾，身著粉紅T恤，深紫七分褲，花俏的打扮，真看不出已是癌症末期。正輕言細語間，獨自去跑步的先生流著汗回來，堆起誠懇的笑，向我說謝謝。

她正在盡力打一場美好的仗，不論輸贏，人生都沒有憾恨。或許生命的長度裡終有斷線與留白，相信她會振一振衣衫，灑脫以對。

爸媽散步，一路上有什麼圖影？我的，願一心皎白，靜觀一朵花的開落。

光陰的名字

在家爸媽叫我的乳名「ㄚㄚ」，上學後同學叫我「維賢」，那是我的學名。由於維賢和危險只有一音之差，男同學經常故意打我身邊閃過，戲謔的大叫：「哎喲，危險！」我慶幸還好不姓「曾」。

大一不小心進了英文系，系裡時興取洋名，我的名字與危險danger音近，danger又與angel的發音差不遠，學長順口說：「就angel吧！」不久竟真有學長姐到教室來指名要認識我。生平第一次擁有如此甜蜜的芳名，簡直受寵若驚，芳心大悅。可惜第二年我轉系，「天使」只當了一年。

畢業後教高中，比學生大不了幾歲，端不出老師架子，經常走下講台跟她（他）們瘋在一起，互動良好，她（他）們跟前跟後的叫我「姊姊」。同事笑我縱容學生，沒大沒小，有失師道尊嚴，我的看法是，帶人要帶心，稱謂不重要，繼續和學生們挽手摟腰。事實證明，掏心掏肝的結果，無論學業或各種生活競賽，師生同心，其利斷金，幾乎囊括所有冠亞軍。我們是一起流汗流淚的革命戰友，不論分別多少年，重逢時，細數那些年創下的輝煌戰績，每個人臉上都泛起霞光。

自從在校刊上以「牛姥姥」為筆名，發表過幾篇小文，「牛姥姥」之名在校園不脛而走。雖說書教久了，和學生的年齡逐年拉大，叫「姊姊」確實礙難啟口，可我也沒老到當「姥姥」。我明白她們只是想拉近關係，也就欣然接受。

時光推移，學生一代換過一代，對我的稱謂也由「姊姊」變成「娘」。當導師難免婆婆媽媽管這管那；對學生噓寒問暖，分享、討論親情、愛情上的疑難雜症，也確實像個母親。情感沒變，變的是人人都無法抗拒的秋霜足跡。

終於面臨退休。那天學生們獻花送吻，簇擁著我不捨分離。我說：「再不走，以後的學生可真要叫我『奶奶』了！」大夥破涕為笑，沖淡幾許離情。「酒店關門我就走」是英國故首相邱吉爾的名言。時候到了，原該這般灑脫。

比較特別的是，結婚後幾乎沒有人稱我為「某太太」或「某媽媽」，仍舊以我的工作頭銜稱呼。也許是職業婦女可以獨當一面，經濟不必倚賴丈夫，也就不用冠夫姓了吧。

如今我已是兩個外孫的「家婆」，大約不會再有什麼新的稱謂上身。回顧來時路，扮演過許多角色，女兒、學生、老師、太太、母親，各種稱謂都陪我走過一段人生路，相遇與別離總是那麼怦然。再怎麼艱困委屈的劇本都力求稱職演出，但是造化弄人，仍留下難以挽回的遺憾。要怎麼做才能盡如人意？無限悵惘。

站在歲月的岸邊，我向蒼天祈求，請允許我化作輕風，一陣吹拂，回到舊時庭院，爸媽健在，可以撒嬌、撒野的童年，當個小女兒，不識人間愁滋味，再聽一聲呼喚：「ㄚㄚ」。

山中無老虎　猴子稱霸王

也許是提早入學的關係，剛讀小學那兩年，每天傻呼呼地背著書包，邊走邊玩的上學去，老師教了什麼功課有聽沒有懂，回家把作業鬼畫符似的亂寫一通，爸媽對我的學業也不太要求，就這樣快快樂樂的混了兩年。

第三年大腦才慢慢覺醒，成績漸入佳境。斗膽跟爸爸央求了好久，終於擁有一顆橘子般大小，紅白藍相間的皮球。那是我童年在橡皮筋、糖果紙之外最貴重的玩具。

上了初中，把名列前茅的成績單拿回家，爸爸只是笑笑的說句：「山中無老虎，猴子稱霸王。」就去忙他的事。

當年我們住在鄉下小鎮，同學家中大多務農或開商店，放學後，有的要下田除草、煮飯、帶弟弟妹妹；有的要幫著看店，招呼生意，就算有心向學，也無法撥出時間唸書。我家只有教師宿舍一小間，人口少，家事簡單，又沒有電視可看，不讀書寫字，豈不無聊得發慌？爸爸早洞悉我週邊的學習生態，又看準了我「小時了了，大未必佳」，因此下了那樣的評語。果然大學聯考敗在英文，只上了私立學校。

進入耳順之年後，仔細玩味爸爸的話，原來當年他擔心我心生傲慢，特地用貶抑法激勵我向上的鬥志，可謂用心良苦。現在想想，這句話並非全然是負面的意義，好歹我這隻「猴子」也可以稱「霸王」呀！

領回來的獎學金、各種比賽的獎狀，全數交給媽媽保管；平日自動灑掃屋內外、洗刷舊式廁所，也從沒見媽媽誇獎我。有一天聽到她跟鄰居說：「我們丫頭從來沒有讓我操心過。」原來媽媽還是疼我的，她心裡明白我的好。

我向來聽話，老師教誨的、父母規定的，幾乎不敢違抗，相信爸媽是以我為榮的，可是傳統的教育裡沒有讚美孩子這一項，他們「愛在心裡口難開」。

內心深處，我曾經那麼渴望獲得父母誇讚，一生努力，都是為了討他們歡心。然而行年愈長愈能體會美譽如浮雲毒藥，人貴在謙和虛心、腳踏實地，如果當年因為幾句美言而貢高我慢，或許未來就毀在踞傲貪嗔中。

而今兩位老人家都在天上，我仍然規行矩步，相信他們隨時都在關愛著我，不能教他們失望。

種一園花果

爸爸在前院種了無花果、石榴、芭樂、葡萄；籬笆上攀爬著絲瓜藤；藤邊是兩株挺直的香蕉；後院有高大的鳳凰木、蓮霧，和幾叢自己冒出來的漢菜、馬齒莧。傍晚，霞彩滿身，我跟在爸爸後頭忙進忙出，看他提水桶，拿瓢澆灌，務必讓他口中的「孩子」，充分沐浴解渴，吐露無比的釉綠清香。野菜雜草也一視同仁。功課完畢，長煙落日下，笑望雲樹。

那時候我們住在學校的宿舍，庭院不很大，卻是綠意滿窗，入目清涼。每棵樹各自漫舞著優雅的姿態，隨季節開花結果，我們家桌上，永遠有最新鮮的水果，在那個缺乏零食的年代，確實填補不少我與弟弟的口腹。

夏天，蕉葉寬大成蔭，華麗動人；冬夜，細雨輕灑，淅零入耳。收穫的季節，爸爸割下蕉串，放在米缸中催熟，金黃香甜，百吃不膩。有一次貪吃，連拉兩天肚子，被媽媽禁食，還是忍不住嘴饞。

絲瓜藤沿著籬笆向兩邊伸展，黃花朵朵，蜂群紛鬧，襯著新綠瓜條，是庭院美景之一。好多年後，偶而鄉間踏青，見著熟悉的瓜果和碩大的黃花，即使走遠了，仍不住回頭再看幾眼。或可捕捉一抹獨向寂寞的蒼影？

至於那棵蓮霧，鄰居王媽媽說不適合種在庭院，容易聚陰，對主人不利。正巧爸爸中風，媽媽更信以為真，跟隔壁借來鋸子，和我祕密商量著夜間的行動。待得風定人靜，就著些微從廚房透出來的燈光，磨刀霍霍，向搖曳著哀歌的綠葉迅速靠近。就這樣，一丈多高，來不及開花結果的小巨人，唰一聲倒地，揮別人間。

第二天早上，爸爸拄杖到後院，見滿地殘枝敗葉，除了驚心惋惜，說我們迷信，倒也沒責怪。接下來幾天，爸爸都沉默不語，像在跟誰嘔氣，也不到門口等我放學。

爸爸的病沒有因此好起來。每次經過後院的屠殺現場，我總刻意迴避那截凸起在地，讓人膽顫心驚的樹樁，眉間帶幾分歉意。

不幾年，我們搬到新宿舍，少了前庭後院，再美觀現代化的建築，也覺悵然若失。老宿舍剷平，代之而起的是嶄新巍峨的北斗高中校址。回到舊地尋覓，日子仍是風輕雨柔，而我們曾經擁有的婆娑樹影，花果飄香呢？

中年以後，愛上拈花弄草，清茶一杯，與花對坐，看四序更迭的顏色。像爸爸一樣，也寫作，用文字治療離恨情愁。開始尋找他的蹤跡，從北斗追溯到旗山、東港、花蓮、重慶、成都，每個他住過的地方。在深情長廊上複製過去，與他心念相續，以他的生活軌跡，成就我的生活內容，也用這種方式呈現自己的生命風格。

或許性別使然，爸爸喜歡有實質效用的果樹，我偏愛賞心浪漫的小花草；也種會開花的緬梔、吉野櫻；唯一會結果的是阿拉比卡種的咖啡。

冬春細雨，清晨，不需撐傘；香逐晚風，夏秋，清涼入衣。靜靜凝視一花一木，彷彿聽見爸爸來回庭院看顧，走在青苔地上的跫音。

曾經在過往歲月陪伴過我的人，是否也在天上種了一園花果？

妳笑了笑
擺一擺手
隔著小小地窗
走回遙遠

第二章

相看如夢

紅塵雙修

一九九三年弟弟胃癌過世，萬般悲痛下，媽媽勉強打起精神，孤單過生活。九七年得肺疾，九九年腦水腫開刀，歷經兩次大病，身心俱創，我當然不放心她獨居北斗，因此接來台中同住，正好依偎取暖。從此，舉凡定期檢查、看病住院、生活起居，全由我巨細靡遺的包辦。我一向體弱，學校、醫院，加上高雄、台中兩地奔波，雖然辛苦，還好老天垂憐，母女均安。

千禧年我退休，媽媽身體也逐漸康復，每個月南下高雄前，先專車送媽媽回北斗，安頓好衣食，拜託好鄰居關照，才搭國光號離開。人在高雄心繫北斗，天天電話問安，十天後又把她接到台中相依和就醫。有時媽媽欠安，就伴她整個月，不曾須臾分離。直到二○○一年七月，她幻聽幻覺嚴重，又兼失憶，走路不穩，居住情況才不得不調整。

那陣子，我將家中所有尖銳的器具，全藏匿在隱密拿不到的地方，以防媽媽傷人傷己；家具移到牆邊，怕她絆倒，日夜亦步亦趨。獨自照顧媽媽，沒有商量和替換的人手，焦慮惶恐，精神幾乎崩潰，強烈意識到無助與無能。

等病情稍穩定，媽媽唸著要住安養院，以免拖累我，也向弟妹表達這個意願，甚至先行到田中鎮參觀仁愛之家。我雖不忍，然而媽媽失智頻頻發作，已走到我在體力和照護知識都有限的瓶頸，於是跟弟妹分頭打探合適的安養機構。前後參觀了八所，做各種評估，最後選擇距我家最近，衛生醫療設備不錯，價錢也公道的護理之家。

送媽媽入住前，不捨和自責讓我哭了好幾天，弟妹一再叮嚀，不可在媽媽面前掉淚，我艱難的做到了，但是轉過身就失控，不能自已。

媽媽有失眠症，數十年來必須靠藥物方能入睡。第二天連忙趕去探視，居然整夜好眠，神情愉悅。驚喜的放下心中大石頭。

我每個月回台中兩趟，下了車直奔護理之家，接媽媽回來團聚至少十天。每天像個連體嬰，親密互動。

帶她上醫院看病。雖然護理之家有特約大夫，媽媽還是特別信任，當初把她病情控制得宜的醫院、醫生。回到家，我將藥袋上註名的服用方法、劑量，重新放大寫一遍，以便她不戴眼鏡也能看得清楚。

媽媽胃口好，只要鬆軟的，都能吃得「齊景（頸）公、蔡哀侯（菜挨喉）」，表示吃得很飽，飯菜都已滿到喉頸。她用四川話這麼形容。

體力行的話，我們到科博館、東海大學郊遊，走走停停，媽媽可完成一半的路程。記得不久前，路都走不穩，跌得鼻青臉腫，如今卻彷彿有神助，八十歲耶，不簡單！又放下一塊大石頭。

早上喝果菜泥，吃份全麥土司夾起司蛋當早餐，然後坐在沙發看報紙。個性上我倆南轅北轍，閱讀可是共同的興趣。午餐時，邊看電視邊聊天，感嘆世風，臧否人物，媽媽都能說出一番理論，在護理之家，人人稱讚她是最有文化水準的婆婆。愛看娛樂節目，明星的八卦消息如數家珍，不亞於時下追星少年。

也帶她上網逛逛，認識e世代的產物，跟上時代脈動。

下午是我們的快樂時光。

手挽著手到超市購物。超市整齊清潔，四周瀰漫著誘人的芳香，哪像小時候，得頂著大太陽，走一兩公里路到市場，還要踩在污水浸漬的地面，空氣中混雜了雞鴨魚肉的腥臭。當年媽媽打著、罵著不讓我跟，我必須跑著、哭著才能揪到一角裙襬。而現在，我是摟著、牽著，配合她的腳步前行。

媽媽戴起超炫的老花眼鏡，富態從容地在架子上，找她愛吃的食物；我乾乾瘦瘦，推著車子緊跟在後面，像個忠誠卑微的外傭。

到公園散步。那兒有老朋友話家常，有微風乘涼，坐在椅子上喝她最愛的珍奶。聊天散步，使我們母女感情更親近，多年來的渴望，竟在中年來得及實現。

或直奔科博館看立體電影。觀賞中，我有一半時間是忍著眩暈心悸，閉起眼睛度過的，老媽卻全程看得津津有味。忽然領悟，媽媽身分證上的年齡是八十歲，實際年齡是五十，而我，正好相反！

春天，我們攜帶餅乾飲料，坐車上東海大學郊遊。繞過大片相思林，坐下來休息，喝蜜茶，欣賞遊客，日頭心頭流遍暖意。倏地，從樹幹竄下一團黑影，定睛看去，原來是隻灰黑松鼠，靈巧的身影忽上忽下。正在眼花撩亂，又冒出另一隻，快捷閃爍，時隱時現，我們驚呼連連。

人與自然本是相親相合，久處水泥叢林，乍見樹林小動物，欣喜之情油然而生。那件驚艷情事，每每在閒談中泛起雀躍，回味多時。

掌燈過後最是愜意，金黃色窗簾將黑暗緊閉屋外，用餐時，暈黃下喝點葡萄酒，膩在親情裡。九點連續劇結束，我倆移師臥房，繼續下一站甜蜜。

幫媽媽縫脫線的衣褲，或把新買的衣服，用油性筆寫上名字，護理之家就不會和別人的弄混。手不停，嘴也沒閒著，叮嚀這注意那，她在旁邊拖長了尾音連連說：「是——是——」。誰是母親誰是女兒？角色顛倒有多久了？不禁啞然。

有時候聽她講故事。成都老家的大宅院；附近的青羊宮、大慈寺；外公那件馬褂皮襖；逃學去踢毽子；全家老小聽戲去……。片片段段，拼湊出媽媽少女時期的光譜。她曾有過的生命地圖，首次在我眼前鋪陳，隨著展顏或感喟。

從前，媽媽很少心平氣和的提及往事，只要有人話題轉到那方面，空氣立刻凝結。如今不再是禁忌，甚至一度喪失的記憶也恢復，真是奇蹟。

十點整，捧杯溫水侍立在側，看媽媽服下睡前藥，躺平身子，蓋好被褥，親吻，熄燈，完成一天的功課。

媽媽原本個性倔強易怒，在體力跟不上性子，又遭親人打擊後，才無奈的向現實妥協。八十歲的生命，歷經無常，學會珍惜僅有的親情，稜角逐漸渾圓。受惠的不僅是我這個飽經滄桑的女兒，最大贏家其實是她自己。

某天下午，我又搬出各種道具和白髮抗戰，她在身邊看我比劃，過會兒，自告奮勇拿起刷子，沾沾染髮劑，小撮小撮，細膩而反覆的幫我塗抹。閉上眼睛，我靜靜享受溫潤雙手的撫摸，還有遲來的母愛。

「人總是會改的，再不改就來不及了。」背後的媽媽頓一下，又說：

「這一世欠妳的，下輩子我當女兒來報答妳。」

「千年暗室，一燈即明。」她這段成長路，要多大的願力和勇氣啊！能結為母女是很深的福報，今生既是趁願而來，必要以歡喜心相待，惜福惜緣。

弟弟在媽媽多病的晚年無法出席，我是她唯一的依靠，用心經營每個相聚時光，貼心的討好她、寵愛她，終於獲得她的愛和肯定，共同打通淤塞的血管，重獲新生。

感恩上蒼給我機會，感恩媽媽來得及轉彎，終能紅塵雙修。

下午茶

如果有人問我，快樂是什麼？我會毫不思索的回答：是和媽媽一起喝下午茶。

還住陝西街的時候，下午四點左右，綠蔭下牽著媽媽的手，公園、河堤邊、國小圍牆外，都有我們踏過的足跡。那一道道投射在地磚上的衫影，與溫暖交融。

路上有獨行的黑狗，有著運動衣的慢跑者，有剛放學一路蹦跳的小學生，還有不期而遇，也來散步的老人家。都因常見面，而親切的打招呼。

媽媽怕熱多汗，愛喝冰涼的飲料，珍珠奶茶很快成為專寵。

溽暑下走累了，我們坐在公園椅子上歇息，公園有風，飄散悶熱。媽媽結交了幾位在這運動的老友，忙著互相問好，一面將吸出來的珍珠，在口中細細品嚼。

冬日寒凍陰霾，我們就在家泡壺花茶。望向窗外，媽媽臉上有份淡淡的寂寞，待我好言：陽光露臉，必會帶她出外走走，喝杯熱奶。顰眉才見舒緩。我哄著媽媽，耽溺在溫情裡。

一年夏天，媳婦送來十張餐廳的飲料招待券，地點就在住家附近，步行可至。有券在手，母女倆盛裝招搖入場，坐在空氣清涼，樂音流瀉，布置高雅的西餐廳，奢侈享受下午茶。環顧四周，年輕人的天空下，找不到一對加起來一百多歲的老女人，好驕傲喔！偶而用虛榮慰勞一下媽媽，不也應該？

招待券用罄，我們又回到喝二十元一杯珍奶的平民生活。往往才第一口，媽媽就忍不住說：「嗯！好！」媽媽年輕時候喝的茶濃釅苦澀，現在喝的奶香甘醇，不論哪種茶味，只要能與女兒相聚相惜，媽媽都認為是天地間一等好茶。

有一天，在媽媽滿頭銀髮中，突然發現新生出幾絲黑髮，鮮明映目。難道珍奶能回春？時序嬗變，歲月驚心，那雙原本牽著媽媽散步的手，終至推動輪椅，緩緩前行。我們仍然在陽光遍灑的午後喝茶，只是怕媽媽鯁噎，珍珠已經悄悄從奶茶中隱遁，午茶的場地也移轉到我一位學生開的小茶棧。它鄰近護理之家。

學生是個女強人，每日摸黑晨起賣早點，忙到近午，又匆匆收拾店面，換裝成茶棧，冬天兼賣紅豆餅，還得在招呼客人之餘課子讀寫。家庭事業一把罩，簡直十項全能。

散步歸來，微笑光顧。學生深知媽媽喝茶的脾胃，去冰少糖，分寸拿捏得恰到好處。她專為我們設了情人座，站在吧台邊調和茶飲，還不時回頭與我笑談家常。媽媽安靜的喝茶，像朵午後的無言花，虔誠謝恩，回味芬芳。

有時候學生忙，我和媽媽對坐凝望，偎著薄日，會心嫣然。滿足像鞦韆，盪在媽媽的嘴角邊，來來回回，回回來來。

媽媽越來越像小女兒，對我倚賴日重，我的愛也有了方向，歡喜甘願在老人家晚年的生活上，扮演一位照顧者，無奈媽媽還是住進安養院。

媽媽的體力像西山薄日，我也早跟年輕道別，和時間賽跑的里程都不多，誰能預見紅塵？但願今生惜福惜緣，多走幾回春夏秋冬。

天光旋暗，輪椅悠緩迴轉。和媽媽勾勾手指，明天午後，還有一場茶之饗宴。

窗口的身影

那天去護理之家探望後，像往常一樣，媽媽送我到電梯口，依依話別。門扉緩緩合攏，細縫間猶傳來媽媽憂忡的叮嚀：「騎車小心！」

出了電梯，穿過街心，在對面騎樓下，從車籃裡拿出安全帽和手套戴好，不經意抬頭，發現有個人影在二樓窗口向我微笑擺手。啊！是媽媽耶！

她是怎麼發現，從這扇窗可以再次看見她心愛的女兒的？她在這裡送別多少次了？我竟渾然不知。綠色遮陽篷的荷葉邊，隨風輕拂，與媽媽粉嫩色的中式上衣，融成一幅優雅國畫。

媽媽溫柔的笑意映在窗扉，彷彿宗教圖騰，我奮力舞動雙手，淚水潸然滑落。

假日兒媳回來，當然也接媽媽回家享天倫樂。晚飯用罷，我端上溫開水和藥丸，看著她吞服後，相偕到房間，打開電腦，叫出老照片，共同回味。

「喔！好漂亮！」

「兩個孫子小時候多可愛！」媽媽口角生春，讚歎連連。

年紀大了，媽媽有些重聽，必須湊近她右耳，用較大的音量說話，家人團聚聊天，媽媽聽不真切，一律用微笑回應，在現實人生，悟出最美最善的智慧。

夜裡媽媽睡不安穩，吃了安眠藥仍半夢半醒，四下遊走，搖晃欲墜，我隨侍左右，要兩三小時才安頓下來。窗簾半掩，小燈暈黃，坐在床沿，凝視熟睡中的白髮紅顏，幾顆壽斑恰到好處的點綴在顴骨額角，頸項間紅痣繽紛，媽媽定然福壽雙全，長長久久。

得了水腦、巴金森氏症多年的媽媽，有幸得遇良醫，對症下藥，控制得宜，雖然仍會出點狀況，生活還不致失序，這是我最大的福氣。

偶而，媽媽把輪椅推來推去，漫無目的的兜圈子；把兩個皮包掛在肩上，穿梭房間，尋尋覓覓。只要安全沒顧慮，就當在散步，不必驚擾她老人家。我這樣告訴自己，也分享照護經驗給看護們。

有段期間，媽媽的病頻頻發作，我想，可能要和窗口上的媽媽小別一陣了，誰知她慢慢踱步，又精準的出現在窗邊。她站在二樓，隔著紗窗往下看，視野向兩邊開展，過往車輛打眼底流過，而我的身影正好框在媽媽視線範圍內。

有些事情媽媽已然遺忘，生命裡不堪的記憶，歲月將它抹去，或許是正面的，然而腦中幽微的情結，是如此神奇奧祕，通過一條祕道，終在窗口留下深情的相逢。

我在對街騎樓，仰首與媽媽的眼神交輝，再見三次，典禮告成，各自心安的走向歸程。

有情世界

媽媽跟土地公最能相應，好幾次笑容滿面的告訴我：「昨天夢見土地公，就知道今天妳會來。」其實我們幾乎天天相見。睡覺前都朝著福德正神的方向拜幾拜。

無論什麼季節，只要冷熱適中，不刮風下雨，我常推媽媽到附近的住宅區散步曬太陽，媽媽顯得十分高興。巷子內，家家戶戶都種了鮮艷的花樹，紅門外幾位聊天的婦女，見到我們也都露出和善的微笑。

穿過巷弄，母女倆沿著麻園頭溪，朝土地公廟前行。兩岸艷紫荊夾道，夏秋有綠蔭，冬春花瓣漫天舖地，朝聖之路，除了虔誠的心意，還有郊遊的興奮。白雲悠悠俯瞰著我們，我們靜默的冥想著天空，無聲勝有聲。心靈互通，心念順應，自然找到溫暖慈悲的所在。

上人行道前有個小坡，我力氣不夠，推不上去，以前媽媽還能勉強行走，到了這個地段先下車，等攙扶她上了小坡，我再把輪椅推上去讓她安坐。現在媽媽的雙腿軟弱無力，每當我們卡在這裡行進不得，總有路人停下來，助我一臂之力。當然焚香禱祝的內容，除了祈求媽媽身心安康，我們母女緣份長長久久之外，凡協助過我們的有情眾生，也祈求土地公土地婆，庇佑他們一生平安喜樂。

幫助過我們的貴人很多。帶媽媽看病，上下車最是吃力，往往病院門口的保全人員和陪伴病人的家屬，見狀都會過來伸出援手。這些也許不再相見的陌生人適時出現，讓我由衷感激。不認識你們，但謝謝你們，請接受我深深的祝福。

媽媽住在護理之家，我常用小小的心意，將無以回饋的愛，報答在其他老人家身上，向她們噓寒問暖；愛憐的撫摸一雙雙乾澀的小手、臂膀；傾聽她們微弱的心聲。用餐的時候替她們擦嘴、收碗筷，有些婆婆們還會不好意思的說謝謝呢。

護理之家弦歌不輟，定期有教會的姐妹來傳播福音唱聖歌；手語老師每週來帶動唱；附近中小學生愛心不落人後，經常來陪老人說話、唱歌、演奏樂器。「老吾老以及人之老」的畫面，真叫人感動。我願天地有情，愛心常滿，人人惜福惜緣。

美善人生

台中市政府專為身心障礙老人設計的復康巴士，緩緩停靠在國美館前，訓練有素的看護人員，將老婆婆們小心翼翼從升降梯送達地面。等候多時，終於看見媽媽的笑臉從車內探出，我伸長手臂向她揮動。

婆婆們因為視野放大而興奮驚奇，左看右瞧，打量四周寬闊的草坪和藍天。我推著媽媽，輪椅輾過水泥石子路，每一圈都是歲月履痕，叮嚀我諦聽生命之歌。

H1N1的流行季，量體溫、用酒精洗手完畢，大家魚貫進入館內。亮晶晶的玻璃隔間、超大的電視牆、用浴缸搭建的視覺藝術等等，都有專業導覽人員，提高聲量，以國台語參雜說明，詼諧風趣，自己笑得比老人家還開懷。

婆婆們對色彩鮮亮的畫作較有興趣，比手劃腳，交頭接耳的，不知下了什麼評語。我不時低下頭問媽媽畫得美不美？喜歡嗎？她翹起二郎腿，在自己的天地悠然出神。

畫家精心繪製的作品，或許在她們腦海裡只是一片留白，然而在志工及家人的陪伴膚慰下，眼神閃爍著喜極的震顫，我用相機留住這份人間美善。

這群七八十歲的婆婆當然青春過，今日乾癟的雙手，曾經溫柔的撫育過子女；曾經迎向挑戰，歷經悲歡離合，走過多少驚心。也有過夢想，但不見得都能實現；也追求過幸福，有時卻由不得人。如今長日將盡，對未來沒有能力規劃，至少有權利盼望，盼望政府提供良好完善的老人福利，盼望家人多點體貼關懷。社會、家庭多凝聚些善力，老人就多一分幸福。

參觀完畢，老人家到貴賓室圍成同心圓歇息。志工端出準備好的蛋糕、茶水招待，慇懃周到，溫暖了心，也照顧了胃，再次讓老人家享有人情暖意，嘴角彎成美麗的弧形。

這趟藝術之旅，結合了市政府、信望愛教會、企業家、國美館的志工、護理之家的社工、家屬，齊心互愛，才能嘉惠老人，笑得天真可愛。台灣雖小，但是愛心密度高，希望大愛能普遍在社會上帶動起善的效應。

推著媽媽走出國美館，復康巴士又將她們接回護理之家。一場人文氣息的饗宴，也許在她們悠悠忽忽地冥思裡似有若無，然而能替婆婆們清淡平實的生活刷上一抹彩光，我們都很欣慰。

獨自走向回家的路，靜觀落葉飛舞，回味和媽媽聲息相繫的生命情緣。光陰長河裡，凡參與過的，都是歡喜。

回魂

媽媽病了，詭異的腦神經翻鬆神人不曉的魑魅世界。

早上在廚房忙著，媽媽過來問我：

「妳爸爸呢？」

「爸爸呀？喔！散步去了。等下就回來。」

媽媽直往客廳去，不理會答案。而爸爸，往生已經三十年。

深夜十一點，媽媽以筷子敲碗，皺眉吵著肚子餓，要吃飯。

整罐奶粉放在飲水機下沖泡。

把藥瓶浸在水杯中。「洗澡。洗澡。」媽媽平靜的說。

「媽，不能吃啊！求求妳！」聲淚俱下哀求著，從媽媽口中搶出塑膠袋。

「為什麼那麼多人在家裡下棋？」

環顧空盪的客廳，輕輕問媽媽：

「就讓他們下吧！妳要不要也來一盤？」媽媽笑笑，說她才不要。是啊，媽媽只打麻將。

「為什麼不理我？我看到妳往樓上去了，一直叫妳，一直追妳，都跌倒了。全身好痛啊！」

媽媽不要追，這輩子我都會在妳身邊，永遠不離開。膝蓋還痛嗎？看！臉頰都跌瘀了，幫妳揉揉，擦擦藥好嗎？

客廳的桌椅全挪到牆邊，為讓媽媽有更多走動空間。攙著媽媽，陪她自言自語，屋子裡到處飄蕩著精靈的語言。

深夜，眾生進入死域浮沉，厲鬼嚇走睡神，將媽媽逐出夢鄉，腦海潮音澎湃。屋燈一盞一盞開啟，笨重的餐桌椅，在木質地板上拖出無數長長的刮痕，咯咯聲蠻橫入耳。疊不盡的棉被，開開闔闔的抽屜，在不寐的迷宮，翻找不存在的答案。

媽媽，我們去看病好嗎？醫生會治好妳的病，相信醫生，不要怕。

指著病房裡雪白的天花板：

「那上面有監視器！」一臉神祕。

「不要小看那些醫生護士，他們都是來監視我的！」

焦慮的望著媽媽。她話題一轉：

「唉喲！一個老太太死了，好多人來送葬啊！福壽雙全喔！」滿是欣羨。

又道：「她送給我一件大衣。」

「漂亮嗎？」撫著媽媽的手背，淚滴在上面。

媽媽在身上比來比去，面前有片看不見的穿衣鏡。

倏地，眼露凶光，劍眉上挑，抓起我放在她病床前的手機，劈頭就砸！

驚惶閃到門邊。

媽媽，親愛的媽媽，不認識我了嗎？我可是妳嫡嫡的親生女啊！是哪條像毒蛇般的腦神經，噬去妳正常的認知？醫學再發達，仍無法征服這弔詭的魔界？

媽媽紅著眼睛追出來，惡狠狠指著我：

「我要拯救妳，為什麼不聽我的話?!嗯？」

媽媽，我聽，我聽，向來都聽！求妳醒過來，別嚇我好嗎？

我退到外面長廊，媽媽愈來愈淒厲的嘶吼聲，驚動整個樓層的病人和家屬。

別跑，媽媽！小心跌倒。千萬別進電梯，別讓我找不到妳！

醫生護士，求你們不要抓我媽媽！不要弄痛她！不要綑綁她！不要隔離她！不要傷害她！她只是生病了！

針頭從媽媽手臂匆匆起落。我瘋狂扒開人群，只見媽媽倉皇呆立，像受驚嚇的小孩，汗水浸透髮絲，糾結成條。

黎明從長廊那廂爬上窗台，一輪完美朝陽映在玻璃上，閃耀強光，刃開暗夜。媽媽安詳闔眼，臉上浮現甜甜夢花，我知道媽媽經過長長的路程，就會從遙遠的地方跋山涉水回來。

※附記

這是一段最不堪的記憶，卻又深刻烙心。

媽媽七十多歲的時候，打牌還是常勝軍；散步一走幾公里不喊累，是我心中的不倒翁。豈料，七十六歲那年開始和頑強的敵人作戰，迄今未歇。

媽媽的失智症仍有起伏，慶幸及時就醫，長期服藥，已經獲得暫時有效的改善。一時平安，亦是幸福，我很珍惜。

我常現身說法，勸導有失智症老人的家屬，要掌握黃金時間求醫，切莫坐失良機，徒增患者及家屬的苦痛。

挺直的背脊

媽媽向來鮮少提及年輕時候的往事，去年我返鄉探親，從沒有跟隨來台灣的同父異母的兄姊口中，約略探知媽媽深埋心中，不願提起的辛酸。

爸爸四川大學畢業，先在成都做事，偶然一個機緣，認識殷實的商人，也就是我後來的外公。外公看他相貌堂堂，能言善道，而且下筆成章，因此將才十七歲的女兒許配給他，不知道相中的乘龍快婿，在家鄉早有妻小。

媽媽在優渥環境下長大，漂亮嬌嗔，上過新式學堂，也承襲了成都人愛打牌、泡茶館的生活習性。

婚後和爸爸定居重慶，孩子接連來報到，活潑外向的千金小姐，遠離父母溫暖的羽翼，要獨立為人妻為人母，生活難以調適，爸爸立刻請了奶媽佣人。可惜當少奶奶的日子不長，日本飛機來了，炸出一連串逃難的日子。

右為作者母親。

「警報響了，挾起娃兒就跑，跑得慢，炸彈就在頭頂上開花。」

「有個女人在防空洞生娃兒，哪得醫生？外頭炸裡頭哭，慘得很！」

「有一回聽說警報解除了，大家都往防空洞外面衝。哪知道外頭還在炸，不能出去，又擠進來，踩死好多人。」

「家家戶戶都死得有人，爛了，臭了，沒得人收屍。」

「坐什麼月子！奶水沒得，連個碗都沒得，日本人炸得稀巴爛。政府每天來賣『平價稀飯』，都是些霉爛米煮的，找個破缽兒裝，大人小孩一天就吃這一缽。」

長大後，媽媽和鄰居媽媽們無意間擺的龍門陣，我聽見放在心上，慢慢揣想戰亂驚怖的場面，還有兄姊們早夭的原因——極度營養匱乏、欠缺醫療設備。

一九四八那年底，一歲多，我的小哥維龍，在輪船開往台灣的途中染病死亡，拋入大海。那一刻連同拋入的，包括媽媽所有甜蜜的、悲悽的，不願回顧的過往。

台灣解嚴後，有位我們叫他「舅舅」的海軍陸戰隊士官長，探親歸來，告訴媽媽：妳家門口的石獅子還在。「舅舅」是她娘家長工的兒子，參加過韓戰，是轟動一時的「一萬四千個證人」中的一位，臂上有「反共抗俄」等墨綠色的刺青。

她什麼也沒說沒問。

晚年媽媽住進護理之家，前臨重慶路，左邊轉個彎是成都路；往右手邊前行，與合江街、內江街銜接；繼續走，不遠就見到四川路。家鄉，虛幻而冷漠的環立身邊。人世的繁華愛恨不過是場夢，不必再記起，媽媽始終維持挺直的背脊。

回家

媽媽近來常忘了說話，即便說了也不完整不清楚，那天卻語意明白的說要回家。我心一驚，是想回成都的家嗎？六十年了，從沒聽過她提起要跨海回到天仙橋下的故鄉。弟弟在世曾經說過：「我現在工作忙走不開，媽媽想回老家看看的話，妳帶她回去我出錢。」那年媽媽不到七十歲，體力充沛，打牌、串門子聊天，忙得沒時間想家。我以為。

後來媽媽住進護理之家，我擔心再不回四川我也老得走不動了，就算找不到親人，能踏上父母的那塊土地也甘心。有意無意的問些舅舅阿姨的故事，八十三歲的媽媽很不耐煩：「人都死絕了，問什麼問！去看什麼！」原來，蝕破的傷口太疼，不敢觸碰，於是選擇從腦海抹盡，重溫都不必。

成都不是她要回的家。

隨著媽媽病情轉劇，由接她回家住十多天，到兩三天，到一天，到目前只能吃個飯不能過夜，家裡一直都備有她專屬的房間，桌椅床櫃俱全，她仍然覺得是過客，吃完飯就吵著要走，回護理之家。

女兒家不是她的家。

終於明白她說的是北斗。離開成都的父母之家後，戰亂中一個城鎮一個城鎮的換，北斗，滋養了她四五十年的地方，叫做「家」。

不容延宕，第二天我們就載媽媽回家。

把媽媽從輪椅移到車上安頓，是件大工程。我在車後座小心緩慢的牽著她的手往內拉，外子在車外從輪椅後方吃力的環抱起她上半身，照服員在下方奮力托住往下掉的身軀，也不過五十公斤不到，竟成了千鈞錘。屁股落座的那一剎，四張漲紅的臉，同時呼出好大口氣。

車子往南行，過了員林，我提醒媽媽：「永靖到了。」「這裡是田尾，路邊好多盆栽。」「那是北斗高中，我以前教書的學校，還記得嗎？」她望著窗外不知想些什麼，聽到北斗兩個字，眼眸立時清澈。

文苑新村的家，學校早派人釘死了門窗，屋舊垣頹，多年沒有人住，院落一地的廣告紙，厚積塵沙，門框上用大楷寫的「春」字，漶漫依稀，蒼白的臉，倒掛出淡淡哀傷。輪椅上的媽媽髮如霜，眉如鎖，怔怔盯著斑駁。折騰半日，勾勒出多少記憶？

隔壁還有人家，黝暗中探出一個形影，是蔡老師，蒼老了輪廓；蔡媽媽全身的肉都乾了，弓著腰勉強挪到門邊。再過去是郭老師，曾經巨塔似的身材斜了半截。屋後賣麵的阿珠笑聲依舊。媽媽激動了五官，想起什麼要說，卻只能焦慮——沉默——放棄。老屋裡那把熊熊火焰，是在哪個生命段落澆熄冷滅的？

午餐點了湯麵，吩咐老闆煮得越軟越好。餐飲上桌，麵在口裡磨來磨去，顯然嚼不動；布丁嫩黃的凝塊，一半沾在衣襟；飲料滴落下頰，衛生紙擦了又濕。爸爸走得早，許多功課來不及教，媽媽八十九歲，與歲月拔河的過程教懂我晴雨繁衰。此刻，她的世界是否混沌如一鍋麵湯？

在圖書館終於找到殘障廁所，如何扶媽媽站起身子換尿布，工程更是艱鉅。央求館方的小姐協助外子抱起身軀，穩住搖搖欲墜，我半蹲著身子，忍住膝蓋痛腰痛，趁他們還撐得住，盡其所能的搶時間拆卸、包紮。六月底悶熱狹小的空間，夾雜各種怪異的氣味和喘息聲，汗水強悍的入侵眼目，刺痛得睜不開，心臟如瘋狂的鼓點撞擊胸腔。一個已經風燭殘年，另兩個也華髮早駐，還有多少時間相守？

早上出門時，天空湛藍耀眼，午後回程，烏雲惹黑了半邊天。媽媽在座椅上沉沉睡去，轉身忘掉的家，是否在夢裡重建？

吹不散窗口的身影

患了水腦和帕金森氏症的媽媽，有幸遇到良醫對症下藥，頭幾年生活還不至於完全失序，然而七年後，大小便開始失禁，對天氣冷熱的感覺也失準；第八年，假牙因牙床萎縮而逐一鬆脫；雙腿無力，輪椅正式成為移動身軀必須的配備。儘管醫學發達，新藥不斷研發，我也密切觀察，稍有異狀立刻帶她就醫，然而生命終有枯萎時，住在護理之家的媽媽，再也不能走到窗口，和探視她後依依離去的女兒揮手道別。

該換尿布了，她嘟起嘴抗議，說是乾乾淨淨的，其實換下來的又濕又重又嗆鼻。嚷著上廁所，在馬桶上一坐二十幾分鐘，解不出來。

夏天穿著毛背心，摀出一身汗。大冬天，把上衣一件件脫掉；棉被捲成球狀，往地裡扔。

不喜歡洗澡，洗的時候又高興得像個孩子。我用沾了沐浴乳的雙手輕輕摩挲她仍然細緻的頸項，多痣的背脊，下垂至腰際的乳房，孕育過子女的肚腹，細瘦的雙腿。溫暖的水流順著軀體滑落，她興奮的拍打，水花在我們四周濺迸。

在我年華逐漸老去之際，扮演為照顧者，媽媽變成需要呵護的孩子，母女都有新身分，而且適應良好。

她不曾做過宴席大餐，家常小菜倒燒得十分可口，蒸蛋尤其滑嫩鮮美。近年來，我試著做出媽媽的味道，在公園的微風煦陽下餵她。媽媽倦意襲身，勉強嚐幾口就疲憊的緊閉雙唇，像是無言抗議我走味的廚藝。無奈的看著她獨自往深遠處下沉的意識，就算驅遣一艘擁有最新科技的潛水艇，也無法打撈。八十八年的滄桑，她需要一個人慢慢咀嚼。

午後，我搬張椅子坐在輪椅後方，伸出手臂圍擁她的肩膀，貼近她裝了助聽器的耳朵說話：天氣很冷，多穿點；外面下雨了，明天我們再去散步；我放費玉清的歌給妳聽，很好聽喔。飽受病魔摧殘，媽媽已不大愛開口說話，擔心她會遺忘了語言，因此刻意換成疑問句要她回答：今天我們吃木瓜還是奇異果？照顧妳的小姐叫什麼名字？逐漸僵化的面部只是點頭搖頭，或偶而微微牽動嘴角。即使有一天媽媽老到雙眼空茫，心思恍惚不明，在遺忘的國度只剩臥床灌食的需求，也要撫摸她溫暖的雙手，說悄悄話。永不放棄愛她，是最好的回饋。

一九四八年，媽媽辭別四川的親人，飛揚歲月，繁華故事，從此硬生生折斷，曾經青春以飽滿的顏色，生動彩繪了名門淑媛，夕陽只能照見她載不動鄉愁的霜髮，憂戚的眉宇。

自己的生死早已放下，卻無法坦然面對親人的萎頓，每次離開護理之家，仍然會抬頭望向二樓的窗口，彷彿看見媽媽微笑凝視的身影，從未離去。

最美的一季春

元宵剛過，天空偶而飄灑幾絲細雨，春神踮著腳尖輕輕降臨凡塵，花田紛紅駭綠，更加嬌豔。我卻直想找個容許我悲傷流淚的隱密空間，獨自和媽媽告別。

那天清晨朦朧中，眼前忽然出現兩個人，站著的男人，用手指著背對著我的女子說：「該寫墓碑了，還有數目字。」陡然醒來，桌上鬧鐘停在六點半，壁上月曆正是二月二十二日。天色還早，擁緊被褥，咀嚼著剛才的夢境。

七點二十分電話驚響，跳起來接。通常深夜和一大早的電話，都不會帶來好消息。護理之家的護士不直接說媽媽怎麼了，只安撫我：「我們正在急救，救護車來了，妳直接趕到醫院。」接下來開啟的是我又哭又忙又累，昏昏顛顛治喪的每個晨昏。

昨天下午才探望過媽媽，我帶了五穀漿，功洛帶了犁記小月餅，那是他剛領薪水不久，特地買來孝敬奶奶的。見到孫子，媽媽格外開心，胃口不錯，還難得清楚的說了話。

晚餐餵了她大半碗飯餬，然後微笑道別。

外子來接我們，「媽媽精神出奇的好！」我邊繫安全帶邊得意的報告。雖然醫生已經宣告老太太就快插鼻胃管，然而她除了有些失智外，沒有什麼大病，我們都堅信，縱使媽媽活不到一百歲，也能活到九十好幾。誰也沒料到，十二個小時後，輕踏九十大壽的清晨，媽媽睡夢中放下世情，了無牽掛的莊嚴著蓮步，往西天去了。

親人一個個從淚眼中飛走，此後我是無父母、無兄弟姐妹的孤兒。

走後的第二天，陽台飛進一隻素雅的蝴蝶，翩翩上下。隔天再視，已飄墜窗檽。華美衰敗都在須臾，悽悽我心，怎麼擔載這離恨？

花田裡繁華如錦。兩株櫻花鮮嫩似少女的粉頰；茶花、玫瑰大得美得賽似牡丹；杜鵑歌彩舞袖，紅顏不老；更不用說那鳳仙，燦爛勝霞光。那年媽媽彎身剪下一截玫瑰枝條，斜插在泥地的身影，宛然赴目。

生命在彼端盛放，媽媽在這裡用平靜的姿態凋零。棺槨內的慈顏，彎眉垂目，花開花落般的堅持，已是前生，此刻，沉靜如佛。所有的淚都已啟程，化為晶瑩，供養春日最美的花蕊。

生前用過的杯子我珍藏；照片存入電腦，隨時可以追思；金飾遺物，僅挑選一枚K金戒子，套在指上。衣物清洗整理好，全數佈施；節省下來的喪葬費，依照遺願捐贈濟貧。

摯愛的人，在揮別的剎那斷了線，夢也沒一個，走得俐爽，不落人間一點塵。這些時日我因巨慟而失憶，六十二年的相依相伴，只剩輪廓，在絕情與深情間呻吟，走完最美的一季春。

生命與季節都在換位，夏天即將到來，整個屋宇會充滿陽光，帶來微笑和一點點憂傷。

繁花夢露

總相信，我在心中供奉的一念虔誠，會讓媽媽入夢來探詢，然而，不眠的夜，媽媽怎麼入夢？

刻意睡在她的房間。清醒的夜晚，聽見熟悉的咳嗽聲自耳邊傳來，再聽聽，什麼也沒有。聽見拖動餐椅的咯咯聲，起身察看，一屋杳然。

三百六十個日子過去，夜裡逐漸能入眠，媽媽憬然赴夢。場景依稀是北斗，我們住的文苑新村。我正短衣短褲，躬著腰，擦拭通往二樓的階梯。邊擦邊想，媽媽去哪了？是上街去，還是在許媽媽家聊天？

倏的，就見媽媽站在客廳中央，背對著我。什麼時候回來的？一點聲響都沒有。她急急朝院子走去，彷彿聽見誰在門外召喚。紗門唰一下拉開，又啪一聲彈回。我用力呼喊，聲嘶力竭的呼喊，這麼熟悉的「媽媽」兩個字，就是發不出丁點聲音，只是乾嚎，眼睜睜看著她的橘色上衣、灰色七分褲，摻入一片金光，模糊的消溶在燦爛千陽下，頭也不擰。

媽媽很少入夢，那是她過世一年來，我最慟絕的夢境。

她用自己的姿態瀟灑離去時，不曾許下來生重逢的誓言，宛如在人生舞台演出最後一齣戲碼時候的優雅謝幕。千古人生，我們都只能切入一瞬，八十九年的繁花夢露，六十二年的母女相依，最終也只能喚回一場訣別。

依附的情感突然終止，天地間只是一個人飄盪，整個身子都是痛的。努力適應失去親人的日子，白日壓抑太過，夜晚反彈的心悸胸悶就越大。表面上生活功能與秩序如常運轉，心中真正的痛只有自己最清楚。

思念綿密，宛如湘繡。發作的時候，買一杯媽媽最愛的珍珠奶茶，跳上公車，漫無目的的在市區恍神，在腦海裡幻想不再見的音容舉止。站在高樓，俯看光燦街心，自問：我是不是人間孤兒？生命中所有的段落，是不是都會落得如此下場？

這一年發生許多事，原有的病痛之外，又增加耳鳴、吞嚥困難，醫生說是「創傷症候群」。生離與死別是我最難承受的失落，我盲目的期待死亡的復生，疏離的轉心，然而，悲傷不斷的從過去累積到眼前，襲捲我一起滾向未來。我驚懼的注視它，再不堅強振作，痛苦只會無限延伸，將我吞沒。人身難得，我願意就這樣結束嗎？

反覆的哭著，摸索著爬起來，面對清冷的窗口整理心緒。散步、曬太陽、抄經、聽音樂、看勵志性書籍。復原沒有想像中容易，疲憊與憔悴讓人一眼看得出，但是樂章已經輕輕揚起。

新的一年來臨，重新期許自己，用眼淚清洗鬱積之後，生命的花瓣要一層一層的舒展，讓所有季節都是香的記憶。今生的緣雖留不住，但刻鏤的永遠是最真實的不捨與感動。悲傷，只是春天寂寞的句號。

時光漫過

空間的歲月

從小就夢想擁有屬於自己的、單獨的空間。我們家人口雖不多，畢竟那是「一家八口擠張床」的年代，談何容易。

夢想的入口，在九歲那年開啟。渴望有片小天地，唱歌給自己聽，演戲給自己看，或只是抱膝倚牆，浸沉在真實與幻境之間。唯有在沒人看見的地方，才能敞開來與心對話，找到依靠。

十二歲以後，夢想有自己專屬的空間，則是為了看小說。

媽媽愛讀，七俠五義、羅通掃北、三國、水滸，都看，最愛的是奇情武俠。下午如果不打牌，午覺醒來，泰然坐在窗邊閱讀，四周流漾著淡金光澤，慈祥柔和的畫面，多想依偎過去，多想也捧起一本，走進媽媽的書中世界。

然而不被允許，於是我學會趁她做家事，或和鄰居聊天的空檔，偷藏一本在裙子，溜進廁所。

廁所在戶外，共有四間，呈田字形，是神社二十多戶人家的公廁。狹窄、黝暗、汙穢、奇臭，卻是我唯一可以獨自擁有的空間。

就著小窗透進來的些微天色，生吞活剝俠義社會所謂的道德和血腥。小小心靈，陷落在曖昧不明的人性欲望，載浮載沉。

看完一本，躡手躡腳再如法炮製，家人從來沒有發現我為什麼愛待在廁所。久入鮑魚之肆，裡面的氣味，似乎也沒那麼嗆鼻欲嘔。

年少時的畏縮和自閉，在刀斫劍劈下得到釋放，卻也荒謬得令人窒息。

上了大學，十個人一間，儘管是博愛樓公認最安靜的中文系寢室，夜晚大家坐成一排，埋頭寫報告，仍然感覺到鄰座瞟來的眼尾餘光，不知往哪裡閃逃。躲上床，用床單拉起一道布簾與外隔絕，方才安心。

長溝流月去無聲，行至中年，有了專屬的屋宇，門一關，俯仰其間，心飛神馳，再也不用躲在暗室偷窺祕笈。

從前我問媽媽：讀報紙給妳聽好嗎？要不要唸一段武俠小說？都搖頭。媽媽老了，一身武功，隨著輕煙隱入武當山。如今再問，天上的媽媽依然默默無語。

潛沉的習性伴我從童稚到老，生活很宅，享有單純的快樂。孤獨的時刻最是愜意，做什麼都好，不做什麼更好。

北窗下，看欒樹頂連成一張密實油亮的綠毯；看一點白鷺掠過輕悠溪水。美，在眼前，也在心底。

黃昏來臨，不同的季節，我守在我的空間點燈冥想，顯影歲月，留下寂靜安穩的生命紀實。

咀嚼回憶

不知怎地，今年忽然好想念媽媽曾經做過的紅燒肉，試著從記憶中拼湊步驟，把五花肉、醬油、冰糖、香料，一一放入鍋中。拜現代燉鍋之賜，兩個小時後燉出來的肉，果真有媽媽的味道。

近來口牙已差，愛揀趴軟食物吃，再加上有家人捧場，竟燉了好幾次，之前我是幾乎不碰它的。

小時候，年節桌上的珍饈，紅燒肉是最常見的，因為爸爸愛吃。兒時不知節制，隨著爸爸大塊朵頤，身材也向他看齊，脹得跟氣球似的，一直腫到高中才漸漸消下來。

大一那年巧遇中學學長，他打趣說：當年只看到一個汽油筒，從教室前滾過來滾過去。

其實上大學我已經苗條多了，後來又多愁多病，直到現在滿頭霜白，體重都未超過五十公斤。

遇見學長的那天中午，正端著鐵盤排隊點菜，他從後面發現我，笑說要請客。因為到得晚，餐檯上菜餚已不多，左看右瞧，竟幫我挑了塊肥滋滋的五花紅燒肉。那可是女孩子的大忌啊！

歲月匆匆，人事流散，那塊五花肉的滋味早已從味蕾上消失，然而十八歲少女情懷中的尷尬與羞澀，卻是縈心的甜蜜。

紅燒肉上桌了，香嫩滑潤，肥而不膩，家人吃得咂咂有聲，我總是細嚼慢嚥，一口一口緬懷往事。

媽媽走了，再也不做紅燒肉了。

岡上的故事也老了，說與誰聽？

粥道

現代工商社會人人都忙碌，早上下了床，盥洗完畢，匆匆吃塊麵包，喝杯牛奶，就得趕著上班上學，哪有閒情逸致熬粥？早餐吃稀飯，配花生米、豆腐乳，已經是幾十年前的事了。

當年為我們煮粥的媽媽年紀大了，口牙也不行，吃什麼才能讓她老人家兼顧美味、營養、易消化呢？從坊間的書籍和兒時的記憶裡搜尋，再花點巧思，終於一道道粥品又重現餐桌。

蕃薯粥媽媽最愛，可是總不能天天吃，會膩，營養也不夠。我試著將其他食材與米飯一起熬煮，輪番上陣，果然她吃得津津有味，家人也食指大動。

算算我做過的粥品有：

南瓜粥。倒兩杯鮮乳下鍋，營養加分，口感更滑潤。

皮蛋瘦肉粥。捨棄肉片，用絞肉；皮蛋要切碎。

小銀魚杏菜粥。如果來點紅蘿蔔絲，可就色香味俱全囉！

鱈魚粥。先將鱈魚和薑片同煮去腥味，剔除骨刺，再連肉帶湯和米一起熬粥。也可天女散花般灑幾點枸杞，養生又養眼。

豆粥。各種豆類皆可（可先用料理機磨碎），以排骨做湯底。這道粥，有豐富的纖維、鈣質、蛋白質，老少咸宜。

粥可以簡單樸實，也可以奢華昂貴，甜鹹變化，隨心所欲，適合各種年齡、各種體質。

粥要好吃，還得有兩個小撇步：

煮海產粥，丟幾顆蛤蜊提味，起鍋前再灑一把芹菜碎末，保證香氣十足，越吃越順口。

煮粥最忌薄如湯水，可適量加點小米，即使是隔夜的剩飯，也能變得濃稠滑口。

有一年我胃病初癒，半夜覺得有點餓，又不忍驚動家人，摸索著下床，用電鍋煮些粥，拌點豆腐乳，頓覺人間絕品也不過如此。一碗清粥，撫慰我心，感動到幾乎落淚。

前些天，好友送來親手包製的水餃，晚餐時我將它做成水煎餃，煮鍋小米粥，再配上一碟皮蛋豆腐，美味與人情兼享，人生夫復何求？

特別懷念童年時媽媽做的臘八粥。每年農曆十二月八號，一早媽媽準備好食材，就守在爐邊熬粥，也熬心。臘八粥伴隨媽媽的是一段青春，一種鄉愁，混合了溫暖與哀傷的感覺，在記憶之海翻湧，在唇齒間咀嚼，也在眼前暈濕。

如今，媽媽已在仙鄉，臘八粥成了絕響，當年同桌喝粥的家人，零落在天上人間，重溫舊夢，唯待來生。

時光機裡的親情

藍波升上國三，模擬考的成績越來越接近中區聯考的分數，更堅定我在台中購屋，從小鎮調職到城市的決心。

搬家、聯考、調職，三個環節緊緊相扣，任何一環出差錯，都足以將我們母子拆散。那些日子，天天我的手心都揑著數把冷汗，幸虧上蒼垂憐，三個願望同時達成。

財力不足，只買得起國宅。這是我人生的第一棟房子，象徵生命的另個起點，媽媽比我還興奮。

每天清晨六點，和藍波相繼出門，晚上各自在房間批作文、寫功課，媽媽看電視，一家人平凡的生活著，幸福。

也許功課重，壓力大；也許有自己的心事煩擾，藍波開口的頻率顯然比過去少很多，我相當惶恐，摸索著適應青春期的男孩，因他臉上的陰晴而酌磨是不是可以流露關懷。

傍晚，站在公園側門等他放學，凝望北平路匆忙的過客，直到日暮，悵惘返家做飯。

一個冬日，媽媽想念她的老朋友，回北斗去了，家中只有娘兒倆，我提議去公園拍照，十六歲青澀的男孩，難得讓我親近一回。

天氣清朗，枝葉搖晃，增添林間亮度，瞇起眼，留下他藍衣白領的側影，小虎隊的蘇有朋也不及我兒英俊。固定好腳架一起合拍，照片裡的我纖瘦，而藍波已然高壯。

那天他開懷的笑了。多渴望住在這段時光裡。

幾年後我換了大點的住屋，國宅出租，租金用來繳貸款。

藍波成年後，起家的房子預備送給他新婚所用，他不要。我說，那賣了，現金拿去付你買屋的頭期款。也搖頭。他拒絕所有我願意付出的，包括愛。

媽媽住護理之家的初期，常陪她回公園散步，坐在涼椅上喝珍珠奶茶，從樹縫間遙望三樓的窗戶，那間曾經擁有我們共同回憶的小屋。

不久公園的圍牆拆掉，樹更老，蔭更濃，夏天推著輪椅，帶媽媽到這裡閒晃。

後來媽媽到天國安住，我單獨回去探望老鄰居。鄰居指著對街說，已經動工的捷運站就在那裡，國宅佔地利之便，房價翻了四五倍。聽了，淚靜靜垂下。我要的不是這些。

媽媽走得遠，一直沒回來過。藍波長大，朝他想要的方向急速飛去。小屋內有過短暫亮光，往後的歲月，只聽見碎裂的聲音。我疲憊的雙眼，凝望著夢中閃爍的幻影，那是段封印在時光機裡的親情。

珠寶盒

我幾乎不戴飾物，也從來不把心思放在這上頭，少少幾件金飾，全標示好將來要送誰送誰，鎖在保管箱裡。

恩師瞿毅老師的女兒蜀薇，旅居香港多年，二〇一一年十一月我去旅遊，承她熱情招待，離港前送我一個小巧玲瓏的珠寶盒。

回台灣後我把玩許久，這只富涵友情，又漂亮的粉紅色陶瓷圓盒子，拿來裝什麼好呢？拉開抽屜，找出那枚媽媽遺贈給我的戒指。深墨綠，有一節指頭長的橢圓寶石，鑲在K金座上。拿到窗邊審視，菱形的切面閃閃發光，是我心中低調奢華的極品。

記得媽媽也曾有過一個珠寶盒，木質，長方形，用小花布包起來，藏在床下。當時我和弟弟都還在念小學，晚上睡覺前，媽媽會先去巡視房門，確定都關嚴了，才應我的要求取出盒子，把裡面的寶貝拿出來展示。我們湊在燈下，緊挨在媽媽身旁，興奮好奇，張大嘴巴，眼睛也捨不得眨一下。

有幾枚鑲了寶石的戒指、幾副手環、數條項鍊，亮晃晃的；還有一顆晶瑩剔透的大珠子，爸爸說是「夜明珠」。爸爸愛哄我，不知這次說的是真還是假。關了燈，倒真的在黑暗中發出幽幽光芒。

某個傍晚，爸爸從外面回來，從褲袋掏出個小紙包，倒出來一塊黃澄澄的東西，有口香糖那樣大小，說是糖果，逗我咬咬看。我使勁咬一口，很硬，又不甜，才發覺上當。那塊「糖」正躺在盒子裡笑我呆。

雖然不懂盒子裡的價值，但是看到媽媽那麼謹慎戒懼，也隱約感覺到它的重要和不尋常。

木盒子裡的東西，隨著爸爸看病吃藥的次數而減少，在爸媽一次大吵過後，完全消失。原來有個親戚，因為買房子來借錢，爸爸不答應，媽媽心軟，把剩下的金飾全賣了變現給她。借錢的人始終沒有還，可能在借錢的當下就沒這個打算。

當年生活清苦，媽媽攢點錢買金飾保值，委實不容易。晚年多病，再與那人相見，也不提舊帳。心性平靜如水，清淡如雲。

寶石燦爛而冰涼，生命再韻華，終歸寂滅。往事淡出記憶，何嘗不是智慧？

後來媽媽又買了這枚墨綠色寶石戒指，偶而做客的時候戴戴，是唯一留給我的紀念。

我將它輕輕放入珠寶盒，蓋上，封存那份愈來愈深的思念。

離別和等待都是一種痛苦
重逢過後
自在圓滿的境界
便不再遙不可及

第三章

蜀道歸來

舅舅 您在哪裡

飛機漸飛漸低，已可分辨出地面上大大小小的區塊，傍晚的天色有些灰濛濛，但成都清晰在望。此生竟真能踏上四川！

很久很久以前聽媽媽說過，舅舅阿姨抗戰時被炸死在成都天仙橋老宅，但是沒看到遺體。

家破人亡，骨肉離散，傷口又深又痛，媽媽選擇遺忘，從沒提過要返鄉探親。然而冥冥中有股力量吸引我前進，是血緣嗎？

第二天我們找到天仙橋，這裡是媽媽六十年前的故居，老房子拆了，全蓋起樓房，哪有故人蹤影？到合江亭派出所請求尋人，電腦跳出一串和舅舅阿姨相同的名字。篩選年齡接近的按址拜訪。有位年長的男士，與媽媽五官臉形都極神似，第六感讓我一眼就鎖定他。

搭計程車，當地人口中的「打滴」直奔他家。是幢老舊樓房，有點像台灣的國宅。還乾淨，也有社區管理員，不過一臉寒霜不愛理人，他太太熱心些。說明來意，她上下打量我，說是很像，也像他的女兒。這就對啦！「外甥像舅」，我在心裏早就認定這位老人家了。大海撈針竟然被我撈著，好想哭。

「這個房子現在是他女兒在住，等她下班回來問了就知道嘛！」管理員太太的眼光停在我臉上，我報以信心滿滿的微笑。

「她要五點鐘才得下班。」此刻是中午，我想早點聯絡上她。

「莫得留電話！」回答的是那位管理員，依然不帶感情。我們只好先回飯店，下午再來。

五點不到，我們已經坐在社區門邊的木質長椅上等候。每個下班回家的人，都投來好奇的眼神。

「大概吃了飯才會回來，妳再等下，快了。」問了三次，管理員太太的安慰詞都沒變。

天色昏暗，心情也相同。

突然，歷史性的一刻出現了！

有位體型嬌小的女士跨進大門，手上提了菜。管理員太太招呼她過去，她順著手指的方向詫異的望著我。身材清瘦，怪不得說我們相像。我起身走近，說明來意。

「沒聽過我爸爸說他有親人在台灣。」大概怕我失望，她又補充：

「走嘛！跟我上樓去問問。這麼遠從台灣來，一定要弄個清楚是不是？」對她來說我是陌生人，不提防嗎？四川人都這麼熱心好客嗎？

謎題就要揭曉，不能放棄！

功洛將鏡頭對準我們倆和周遭景物，不斷喀喳喀喳，紀錄千里迢迢尋親史。

樓梯雖有些暗晦，屋內倒窗明几淨，陳設大方高雅，顯然經濟條件和文化水平都不錯。

這位女士，我的「表妹」，先撥電話和父親交談，然後轉向我：

「過來說嘛，妳親自問比較清楚。我爸爸說他們是從上海遷來的，不是老成都。」

重重一擊，我從高處摔下，仍死命抓住屋簷一角。

報上外公和媽媽舅舅阿姨的名諱，這是我僅有的線索。

「我的兄弟姊妹都是『永』字輩沒錯，父親的名字李漢卿就不對頭。」再和藹的聲音都是一記棒喝：

「也沒住過天仙橋。我知道妳很失望，很抱歉。」

希望越大失落感就越強烈，我放聲嚎啕，仍然緊握電話不放：

「對不起，雖然不是，我還是喊您一聲舅舅。舅舅，謝謝您！」多盼望多盼望他就是。

女士遞來面紙，柔聲說她了解我的心情，希望我再努力。功洛拍著我的背，喃喃喚著「姑媽姑媽」，勸我平息激動的情緒。

鐵鞋還沒踏破，別想得來全不費功夫。

接連幾天，我們坐打滴按圖索驥，回到飯店，再用原子筆把地址槓掉，已經沒有第一次得失心那麼重。電視上尋人的跑馬燈來來回回跑了兩天，我們的手機卻都沒有響過。在東光小區派出所遇到的成都商報記者，也沒帶來好消息。功洛從白天找到黑夜，回來趴在飯店床上喘氣，不死心的說：我要為奶奶做點事。

眼前這個男孩已不是多年前的莽撞少年，隨著年齡增長，漸漸沉鬱，孤臣孽子的悲情仍在，改變的是茁壯感性。額角鬢髮，熟悉的樣貌，宛如弟弟以另一種身分再世，淒楚中有些安慰。

畢竟媽媽提供的資料太有限，來成都之前，我就不敢抱太大希望。認真打聽了六天，可能的方式都用過，已經盡力，還是徒勞無功。

九月二十七號早晨九點，揮別成都，心頭和天空都飄起細雨。此生不知是否會再來，我戀戀看著模糊的窗景。舅舅阿姨也許真的抗戰時已被日軍炸死？這是個永遠解不開的謎。

車子上了成渝高速路，功洛攤開地圖。尋親的路還漫長，我們重振精神往合川，爸爸的故鄉挺進。

眾裡尋他

從小就聽說在隔條台灣海峽的大陸四川，有我從沒見過面的兩位叔叔和孃孃，及大娘、大哥、大姊。還有地圖上找不到的老家住址。

一九四八年，爸媽在銅梁隨著空軍入伍生總隊，從重慶的白市驛機場飛到上海，再由黃埔江上船到台灣基隆，又坐火車到屏東東港，一路輾轉。把家安頓好之後，立刻託香港的友人轉信回老家，不久兩岸的親人都受到牽累，聯絡不得不中斷。原先以為一兩年後就會回去，詎料碼頭揮別，船艦駛向難以掌控的未來，離開家鄉的年輕夫妻，體態逐漸孱弱，先後進了慈善寺層層疊疊的框架。

爸爸等不及解嚴返鄉，抱憾而終；媽媽把痛埋得很深很緊，慢慢的，餐桌上不再出現辣椒、泡菜，四川是消失的記憶。直到一九九三年，維雄弟彌留之際交代兒子功洛：「將來回去認祖歸宗」，十二歲，生長在台灣，連爺爺的面都來不及看到的孩子，我替他牢牢記住，等他長大。

世紀交替那年，憑記憶中的地址寫信到合川，石沉大海；隔兩年，學生洪承琦，因為經常往來重慶、成都做生意，我將信寫好，請他帶在身邊，遇到有認識維安哥、維英姊的就交給他們。經過一年多，承琦把那封縐巴巴的信還回來，我做了最壞的打算，也許當年生離就註定了死別的命運。

歲月唯一的好處是，讓風雨飄搖中的孩子茁壯成熟。二〇〇五年初秋九月，功洛已是大四的學生，功課輕鬆些，我也退休，媽媽住進護理之家，有專人照顧，病情穩定。此時不去更待何時？即使找不到親人，也要踏上四川這塊生養父母的土地，何況還肩負重任。

在這之前，大哥曾透過紅十字會找台灣的親人，可能機緣未到，一直沒聯絡上。這是我踏上合川才得知的事。

本來計畫先到重慶，因為承琦要到成都，而且安排好他的朋友楊三俊先生接送，於是功洛向學校請十天假，姑姪二人就先從成都尋找媽媽的親人。

我們在各個派出所，如天仙橋、合江亭、東光小區、青北江區等地方，從電腦上查姓名，再按地址尋訪；巧遇成都商報的記者，託她打探；在電視台用跑馬燈尋人；在青羊宮茶館、春熙路上，請問身旁友善的陌生人。六天過去，奇蹟始終沒有出現。

有過多次出國經驗，每當離開美麗的景點，都帶著甜甜的回憶和愉悅的心情，辭別媽媽的家鄉，首次對一座城市，流下失落不捨的淚水。

還會再來嗎？

帶我返鄉尋親的恩人洪承琦先生。

卻在燈火闌珊處

終於抵達合川，天光正寸寸消溶，夜宿氣派華麗，收費卻平價的江城明珠酒樓。第二天醒來，窗外飄著涼意，唯恐錯過什麼就永世不得相見，用過早餐，隨即朝已經改名香龍鎮的石龍場前進。

一開始就走錯了路，又下過雨，滿地滿車身的泥濘，似乎預告尋親的路充滿曲折。上廁所更嚴酷考驗我的勇氣。沒門，地上兩塊搖動的鐵片，中間挖個窟窿，就是方便之所，屎尿的污漬斑斑可見。一手捂鼻子，一手揮趕體積碩大，隨時對準目標攻擊的蚊子，我們草草了事逃出現場。功洛慶幸說，好險爺爺到了台灣，不然我就生在這種地方。二十出頭歲，外表像大人，可心底仍是個孩子。

我笑他：「你操什麼心，爺爺不到台灣，你老爸就不可能娶你老媽，哪會有你？該擔心的是我！」

說說笑笑，再看看路旁的草青葉潤，清雅的竹籬茅舍，焦慮緩和許多。

且問且行，晌午天空放晴，露出大片淺藍，微潤的氣味中，有群人聚在雜貨店前抽煙聊天。

「請問這裡是黃桷村嗎？有姓陳的嗎？有『維』字輩的嗎？我從台灣來……」推開車門，連珠炮似的提出三個問句。

爸爸過世前幾年，雖然因為中風，運筆僵硬，仍然一筆一劃將家族字輩寫在本子上：「……紹、先、啟、遠、維、功、德……」這幾個字深印腦海，不敢或忘。

其中一位壯年男子蓄著平頭，邊打量我邊說：

「我姓陳，家裡頭沒有排字輩，倒是認識一個叫陳維敬的，就住在黃桷村。」

當下就請他上車帶路。我的心和車子同時往前噴射。

稀泥路上人煙少，偶而掠過幾個挑著籮筐的婦女。遠處有位荷鋤的莊稼漢，朝我們的方向搖啊搖，搖到近前，帶路的先生「咦」了一聲，探頭喊他。我迫不及待跳下車，又提出一串問題。

停了半世紀他才回話，等弄懂濃重鄉音裡的答案，不知是戲劇性的轉折衝擊太大，承受不住，還是內心激動過度而血脈賁張，霎時間，一陣天旋地轉。

眼前樸實，滿頭霜白的陳維敬，不折不扣的確是二叔遠貴的獨子。

踏破鐵鞋的，往往是失望的結局；全不費功夫的，居然團圓。
山城多霧，霧起霧散，很多故事在這裡結束，又在這裡開始。

前排右二是我在黃桷村第一位見到的親人維敬哥。

黃桷村

黃桷村嵌藏在蒼綠的小丘中，半壁青山，一片藍天，到處是水田和綠樹的大地，交織著歡喜與憂傷。黃桷樹葉片迎著夕陽，透出清晰的紋絡，益發顯現出村落的清幽。賞不盡季節顏色，家鄉景物，然而過多的親人，似懂非懂的四川土話，往事今塵，迎面湧來，無暇也無心飽覽視覺上的宴饗，只知道視野所及，貓狗牛豬，都透著親切。

這就是「傳說」中的石龍場砥石壩？這就是爸爸住過的堂屋？這就是爸爸每天必經的水塘？踩著先祖踩過的土地，站在爸爸出生的故鄉，歷史煙塵，滾滾撲來，哽咽良久，不能言語。跪在爺爺墳塚前，千里跋涉的蒼茫，完成尋親後的虛脫，悠悠發酵。

各房親人得報，從不同的居住地趕來相會，離散後的牽掛引盼，全用淚水和擁抱勾銷。

三叔的大兒子陳維揚，帶來一張老舊照片，無論長相、衣著、背景，都不是當年爸媽弟弟和我的模樣，而黃桷村的親人，視若至寶般珍藏。相片背後牽繫的是，再寬闊的海峽也隔絕不了的血脈親情，訴說著時代巨輪下，家族的悲劇和希望。香港友人不知在何種情況下誤寄的照片，卻是家鄉親人數十年來魂繞夢縈的依憑。

是晚，將長我二十歲，同父異母，第一次見面的大哥接到合川，我下榻的酒店同住。大哥稀疏的灰髮，霜也似的平鋪頂上，衰老瘦削的臉頰，密密刻寫著生活悲苦的皺紋，瞧著我，眼裏盡是慈愛與寬容。

擰條毛巾，拭去大哥衣襟領口上，因暈車而嘔吐的殘漬，卻怎麼也揩不淨，裸露在老舊西裝外的黧黑雙手。

暈黃燈光下，大哥緩緩彈唱起歲月滄桑。

恨過怨過嗎？忍住淚，我問。

「都過去了，是時局不好，不能怪誰。」

「那，大娘呢？」

大哥連連吸著紙煙，灰燼無聲掉落。

時局動盪，家族瘡痍破碎，孤兒寡母，在歷史洪流中被遺忘於卑微的黃桷村，漫長等待。等待裏有希望有追尋，有失落有痛苦，大娘等不到答案，魂歸離恨天；大哥盼到我們歸來，而爸爸早已轉身。

離開重慶前，與功洛來到長江邊，聆聽江水與心跳的澎湃，掬起清涼，深吸一口感慨。長江海域般的雅量，匯合漢民族顛沛流離的歷史，編寫傳奇，黃桷村也在悠悠訴說自己的故事。

回台灣的行囊裏，除了濃濃親情外，功洛特地汲取一瓶長江水，帶回來祭拜他的爺爺和爸爸。飛機上，姑姪二人十指緊扣，互相凝望微笑。我們完成了兩岸親人血脈交融的創舉，雖然不知道未來將以何種面貌迎來，但肯定在彼此的人生都會有深刻的回憶和啟示。

江流有聲

原以為只有一個姪兒，台灣的功洛。回到合川才弄清楚，維安哥的兒子不多不少，剛好五個。最大的只小我三歲。另外還有三個女兒。

第一次帶功洛回去尋親，哥哥得知消息，丟下田裡的工作，帶著老大和么兒，急忙趕到黃桷村與我會面。功賢真誠，功倫斯文，都白皙，不像務農的。

第二次永福陪我回去探親。從沒見過面的功善功良等人，收起生意，專程從貴陽開五小時車，到重慶機場來接我，前呼後擁拱著，腳不沾地的上了車。

功善是老三，主動親切，跟在身邊三孃長三孃短，凡是我想了解的，無不細說從頭，知道我千里迢迢回川，為的就是拼攏一幅未完成的畫，撫平綿亙相思。

功良靦腆誠懇，排行老四。多看他一眼立刻臉紅，默默搶著拉行李提包包。

第二天去大足縣看石刻，這是已經列為世界遺產的南宋佛雕。功良買了野胡桃，香氣

從右依序是功碧、作者、功文。功珍沒回來。共是三姊妹。

撲鼻，橢圓的外殼十分堅硬。不時遞一把剝好的胡桃仁過來，貼心溫馨。

重慶到合川有便捷的快速路，過了合川到香龍鎮的金龍村就要步行，走一段起伏的山路，再搭船過江，渠江。泥地濕滑，膝關節又隱隱作痛，我望著土階猶豫，走在後面的功良見狀，甩掉背上竹簍，懇求說：「三孃，我揹妳。」謙卑敦厚的臉容，此時又多了堅毅。

「我還可以，把手給我就行。」於是他繞到前面，伸出厚實有力的大手。靠著他給我的力量，小心翼翼走到河邊。

船入江心，風拂水面，線條蜿蜿蜒蜒。各房族人在對岸佇候多時，扶老攜幼的對我揮手，濃濃鄉情立刻包圍住我。

從貴陽回來的功文功碧兩位姪女，先一步到家，功珍則是派她叫毛子的兒子當代表，也夾

從右依序是功賢、功績、功善、功良、功倫五兄弟。

在人群中企盼。

下得船，一位著雪白唐衫，灰色西褲的中年男子，氣質清朗，快步上前，雙掌緊緊握住我，激動不已：「三孃回來了！」學者般儒雅的人，竟是老二功績！也在家鄉種田。

五弟兄並排站在眼前，流露的樸實、合諧、懇摯，是那麼自然，那麼熟悉，江海相連，原來我並不孤單。

「爺爺當年從這裡離開，就再也沒有回來。」功良指著江水哽咽。我轉身面江，凝視，深深下拜。

爸爸，六十二年後，您的女兒維賢，代您回來了。

離亂已經過去，江流有聲，那是呼喚和感恩的潮音，願渠江澎湃的護衛著陳家子孫，永世不再面臨人生的殘酷，沒有任何無奈與悲傷。

在秋天道別

九月微涼中，從踏板上下船，跋涉過沙地，再穿越大片芝麻田，田埂盡頭，維安哥早已經拄杖在壩子上等候。模糊著眼，怎麼看都像老去的爸爸。

摟著維英姊摩挲臉頰：「答應過會再回來，妳看，我做到了。」那聲聲呼喚「妹妹」的顫抖的唇，只剩兩顆焦黃的犬齒。

苦楚排山倒海般湧現，招架無力，唯有放聲痛哭，卻又撫著對方的背脊勸慰：「莫哭，莫哭，該高興才對。」

悲欣交集下，兄妹三人合力拉開老抽屜，回到一九四八前後，探究被無情劍硬生生剖開的苦難。

從成都四川大學畢業後，爸爸回到重慶，先後在川南女子中學、南開中學、糧食局任職，最後在青年中學當訓導主任，媽媽在小學部教書。後來因為學校鬧學潮，全部教師罷課，經人介紹到銅梁舊市壩空軍入伍生總隊，擔任語文教官。

一九四八年，國共內戰打得激烈，全校師生眷屬奉令，準備遷到台灣。倉促中，爸爸吩咐大哥，先帶一筆安家費返鄉安頓大娘母女，再到銅梁會合。詎料大哥回轉時，已是人去樓空，父子再也無緣相見。

生活頓失依靠，大娘含悲忍淚出外幫傭，單薄的身子守候到七十五歲，夕陽搖落，徒留餘恨。

哥哥，一個沒有父親庇蔭的孤子，二十歲的青春舞台充滿悲涼，安養母親與妹妹的責任壓在心頭，只得頂替別人當兵，換得十石穀子暫時安家。

姊姊先是幫人帶小孩，受盡委屈，而後帶病到紗廠紡紗。

一九五二年，大哥本來在大隊擔任會計和保管員，由於查出有「台屬」身分而被革職。土地改革後，大娘在娘家分到些許地，可以以地易地，因此從黃桷村遷到金龍村落戶。迄於今。

金龍村依山傍水，寧靜平和，清秋時節，潔淨的壩子旁，柚子正滿樹搖香。黃桷樹像慈祥的爸爸，撐起綠色大傘，讓我們兄妹坐在濃蔭中，互訴歷史長河篩選下來的殘枝片葉，被時代顛簸了的人生，幸能穩住腳步。

多皺的臉，殘破的屋瓦，浸染歲月的衣褲，不忍凝視。政治太複雜，戰爭太殘酷，海峽兩邊都有不能言喻的傷，我們刻意不去觸碰，無論當時過得如何慘痛，如今都只剩下珍惜，只想療傷。

兄姊的雙腳像大地裡的黃桷樹，生了根，邁不動；而我，有我歸去的方向。一開始就知道是場別離的重逢，台灣到合川，已經沒有力氣再跨越，片時團圓，足夠用後半生回味。

一甲子後，我代表爸爸向大娘遙祭致歉：您用一生等待的苦和淚我們都心疼，親情只是遲來，您未曾被遺棄。

臨去時，斜陽外，秋色連波，波上寒煙蒼茫。截一段黃桷樹枝，帶一把故鄉泥土，再回首水岸深處，深深記住兄姊的臉，離人淚，無比孤寒。

＊維安哥已於二〇一三年五月二十五日去世，享年八十五歲。

在合川的陳氏家族。

從右依序是維英姊、姊夫，維安哥、嫂，和作者夫婦。攝於合川金龍村。

往事如煙

爸爸和二叔遠貴都是大奶奶所生，二叔不到三十歲就過世，遺下一雙兒女，兒子維敬，是二〇〇五年我在黃桷村第一位尋到的親人。五年後再回去，才見到堂姐維均，堂哥則不幸於前幾天腦溢血過世。至親之人，分離半世紀，交疊的時間不過數小時，我們為上天交付的使命而重逢，然後他沒入渺茫大化，我則繼續履行未完成的任務。

維敬哥的大兒子功烈，在學校成績優異，曾經考取公職，稽查身分時發現是「台屬」，

2010.9.26作者與叔娘、琦弟、弟妹攝於成都「安逸158」酒店。

就是有家屬在台灣的意思，立刻被取消資格。

大奶奶在爸爸九歲時難產去世，爺爺續絃，生下三叔遠明，孃孃遠秀。雖然爸爸長年在外讀書工作，但是兄弟感情很好，三叔先讀師範學校，而後在爸爸鼓勵下投考黃埔軍校，名列前茅。很疼愛孃孃，每次回家都會逗她耍，買糖果給她。

國民政府一九四八開始大撤退，三叔本來已將行李綑好，只是先回鄉稟告奶奶，再回首，軍隊已經開拔往台灣。後來他辭去軍職，改換名號到鄉下教書。在生時念念不忘海峽這邊的親人，卻等不及親眼看到我回去，而在〇三年辭世。好在叔娘身體安康，三個堂弟都受過高等教育，侍母至孝。尤其維珂弟，我兩次返鄉都承他溫馨接待，更是銘感五內。

遺憾的是維揚弟，在我第二次返鄉重逢的

2010.9.26與永福攝於爸爸的母校四川大學。

三個月後，因腦瘤撒手人寰。寶華鎮一別，再見要等來生，人生無常，何處話淒涼。

二〇一〇年九月二十六日，叔娘和維琦弟陪我同遊四川大學，文科樓前矗立的碩大花瓶，古樸的訴說著百年風華。幾度徘徊沉思，遠逝的爸爸，可知此刻我正以將暮未暮的人生，穿越時光長廊，與他風發的年少，奇妙相逢？

如果當年三叔和爸爸同來台灣；如果他們兩位都留在四川；一文一武，今天的陳家會是怎樣一番景況？一個平凡但有希望的家族，烽火四起下灰飛煙滅，沒有「如果」。

孃孃遠秀，膚白眼大，嬌小玲瓏，天生的美人胚子，年近八十，還耳聰目明，筋骨硬朗，和姑爹及兒子們，住在成都一處，花香草綠的社區。她們也受到政治波及，幸而後來人圓事滿，福壽雙全。

二〇〇五年第一次到成都尋親，不知叔娘和孃孃都在此地，否則也不致黯然作別。第二次回鄉前，我和外子先飛天津盤桓數日，再在承琦陪同下抵達重慶，親人二度團圓。那天晚上，維珂弟設宴，功善、功良、功文等姪兒姪女陪坐在側，我們一起向陳家的恩人承琦舉杯，這杯水酒又豈止是謝意而已。

故人遠去，悲劇都隨煙雲飄散，慶幸親情依舊，鄉里山河仍在，爾後兩岸親人，將可閒看萬里雲山。

前排右起，作者、孃孃、姑爹，和他們的家人。

微塵舊事憑誰問

我的生命像一部紀錄片，見證時代的轉型，幾番風雨來到新世代，政治、經濟、社會生活，甚至倫常天理，都極盡能力的顛覆傳統，峰迴路轉的情節，完全超乎想像。隔著近七十年的艱苦往回看，瞬間，歲月就這樣擦身而過了。

穿越歷史，回溯父母和自己走過的路，燈下桌前，獨自靜靜的梳理，許多故事在腦海裡盤旋，又突然空白；心思似乎走進很久遠以前的某個時間裡去，倏地又拉了回來。我反覆咀嚼，慢慢抽絲剝繭，一些事情能理出頭緒，有些事卻永遠翻找不出答案。

父親脾氣溫和，笑口常開，說話輕柔。很愛在傍晚帶著我們這群老師宿舍的孩子們，在曬完冬粉的空蕩高地上，講誇張的笑話，還有稀奇古怪的故事。我們笑岔了氣，跌在地上打滾。草叢裡有不少冬粉殘屑，信手撿來放在口裡嚼食。隔壁李伯伯家的女兒望著夕陽，不捨的仍在央求：「陳伯伯，再講一個，再講一個嘛！」

父親寫的故事詩〈新啼笑姻緣〉和新詩〈曬冬粉的姑娘〉，數十年來一直縈繞在我腦海裡。這樣真情又隨和的父親，怎麼會和政黨掛勾？

才十幾歲，父親就曾經幫過鄉人寫狀子打官司，居然贏了，被稱為「神童」。長大後在重慶「嗨袍哥」，於茶館酒樓內替人排解糾紛，疏通事理，而且口若懸河，下筆洋洋灑灑。可是自我懂事以來，幾乎沒見過父親喝茶沾酒，煙也不抽。

小時候家裡收藏得有他嗨袍哥的信物，那是一塊長方形，米黃或黃色的布條，上面有字，有紅色的印信圖樣。歲月湮沒，我除了這點記憶，其他一概闕如；因為年紀小，連母親說過父親是洪幫或青幫也不記得。父親過世後，我回娘家整理舊物，這塊有紀念性的布條，不知在何時已從人間蒸發，我驚愕的望著母親的背影，哽得說不出一句話。

記憶中父親沒有任何交際應酬，除了教書就是伏案寫作，真難以想像他曾有過杯觥交錯的豪情。

三叔的孫子功誠，二〇一五年四月隨團自重慶到台灣旅遊，中途脫隊到台中來和我會面，姑姪倆談了整晚的話。十年前在合川初見面，他還是個靦腆的高中生，今日重逢已長高長壯，模樣都快認不出了。

作者夫婦與功善父子同遊日月潭。

弟妹與功洛到機場接功善、德沛父子。

2015.4自宅　陳功誠。

維安哥的三兒子功善，第二年七月三日帶著他剛考完大學的獨子來台灣十一天，除了他們去阿里山、台北，我體力跟不上外，其餘時間都朝夕聚守，緊緊依偎，雙手緊握，唯恐一鬆便再也尋不著。

盼得兩岸血親交融，而父母早已從盼望到凝望再到絕望，含恨踏上黃泉路。

功善說，爺爺唯一留在家鄉的紀念品，笛子，現在傳到他手中。

父親會吹笛子？心弦為之一震！

回到貴陽後，他用WeChat傳來笛子的面貌，是一根長四十八公分，銅製的十孔笛，相當樸拙堅實，我如獲至寶，拿去把它洗出來加以護貝。出生在台灣的功洛問道：「上面有沒有出品商號的字樣？如果有，可以上網找，買根同樣的，海峽這邊也保留一支。」獲得的答案是什麼字樣也沒有。功善準備請人在笛身鐫刻記事，代代相傳。

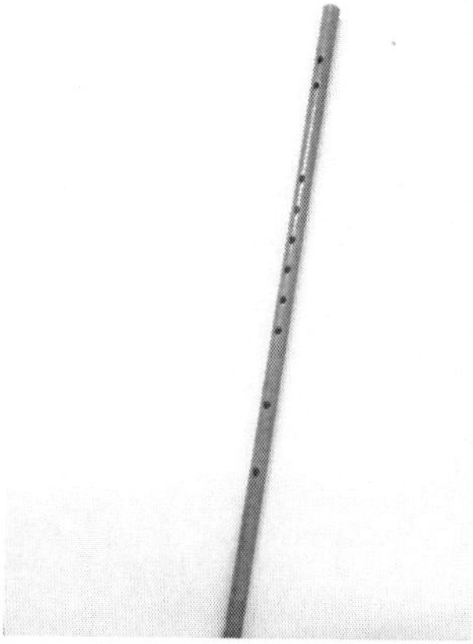

父親當年都吹些什麼曲子？可曾「杏花疏影裡，吹笛到天明」？年輕的他應風流瀟灑，顧盼自如吧？那天夜裡微風輕柔，隱約聽見綿長不絕的清音，悠悠穿越小溪，千古遺音飄落在若有似無間……。

花落人消散，微塵舊事憑誰問？

數十年來兩岸家人情牽意念，受盡磨難，而今終能以手機和旅遊交流會面，爾後無論政局如何變化，我們只求綴補親情，享受親情。自古人生誰無恨，曾經的幽怨纏縛，還諸天地吧！

時光漫過

香辣川味

在鄰居眼中，我們家是以能吃辣聞名的。那是小時候的事。

爸媽都是四川人，家常菜餚當然以辣為主。我看過媽媽做菜，把蔥蒜先爆香，再放入肉末、辣椒，適量鹽，大火翻炒，很快就辣香沖鼻，哈啾連連。那是拿著筷子在旁邊虎視眈眈的我，可不是媽媽。對於辣，她早百毒不侵了。

愛串門的鄰居媽媽，看到我家整盤辣椒上桌，大人小孩碗中一條，無不瞠目結舌。炒臘肉、香腸、回鍋肉，更是非要辣椒不可，還要以花椒點綴。切成細絲的紅辣椒舖在綠色蒜苗、醬色肉片上，油亮光滑，單看那色澤就讓人食指大動。對了，炒回鍋肉還要加辣豆瓣醬，紅燒豆瓣魚更要它。一口辣菜一口熱飯，滿頭大汗，辣意直沖腦門，唉呀，那才來勁兒！

泡菜是四川最有名的開胃小菜。我們家透明的玻璃罐裡，終年飄浮著白蘿蔔、高麗菜、紅蘿蔔、小黃瓜，當然更有不能缺席的紅辣椒，和特殊風味的花椒。每掀開蓋子，那股酸辣，嗆得人滿口生津，忍不住偷吃。

媽媽還有招絕活兒。殷紅辣椒洗淨，放在後院的簸箕上曝曬，等到辣色暗赭，外形脫水乾癟，就差不多了。先碾碎乾辣椒，再將它放入白瓷小缽裡面，用根棒子研磨成粉狀，爸爸叫它「海椒麵」，海椒即辣椒，是四川土話。這時候要燒一鍋熱油，把麵子和花椒倒入鍋底，發出「滋——」一聲長音，剎時冒出白煙，辣香焦香四溢，翻炒幾下立即熄火，就大功告成。接著鏟進缽子，辣椒麵慢慢往下沉，上面浮起一層豔紅，晶瑩剔透的辣油。冷卻後蓋上蓋子，媽媽說是防「偷油婆」，也就是蟑螂。

這叫「熟油辣椒」，用途可廣了，做各式涼拌菜少不了它；拌飯拌麵，再灑點蔥花椒鹽，更是恨不得連舌頭都吞下去。

香辣川味是爸媽的鄉愁，然而爸爸病逝後，餐桌上逐漸少了它的蹤影，或許那些年，媽媽馱不動任何牽絆，有意遺忘一些事物，包括味蕾。

等我進入中年，曾有的感覺從深沉中逐漸甦醒，川味成為縈繞心底的情結，結合了童年記憶與思念，時刻於胃裏翻攪，不知不覺在尋常飯食間，搜尋爸媽的古早味。偶而外出用餐，特地找川菜館，飽啖麻婆豆腐、梅干扣肉（燒白）方為過癮。咀嚼爸媽舌間的川味，是最酸最痛的祭典，有很多很多想流淚的，喚不回的親情。

超級油鹹麻辣燙

從四川回來，朋友來電問川菜好吃嗎？即使看不見表情，我仍然皺眉搖頭：「喔！不得了！超級油鹹麻辣燙！」一連用三個驚歎號。

話說到了成都，當然要嚐遍川味。先來道台灣凡介紹四川美食的電視節目必有的夫妻肺片。

映入眼簾的是一片油汪，主菜在紅水氾濫中幾遭滅頂，油量之多足足可讓我炒三天菜。筷子潛入油底，撈出一塊黑不隆咚的食物入口，天啊！四川的鹽不要錢嗎？不只如此，從頭皮到下唇還麻到顫抖，別誤會，非食物中毒，是花椒搞怪。

下一道涼粉拌小黃瓜，是清爽可口的小菜，錯！它的油鹹麻辣，比之夫妻肺片有過之而無不及。嚐過一筷子我就放棄了。

再上場的是魚香茄子，光這道菜就可讓我解決兩碗飯。我說的是在台灣。當然茄子是泡在殷紅辣油中端上來的，那蔥綠那蒜白那茄紫，簡直是春天的花園。迷死人的茄香讓我顧不得麻辣，挾起就往口裡送，天哪，燙死了！舌頭不斷翻攪，掩嘴哈氣，猛灌菊花茶，饒是如此，上顎還是燙掉一層皮。

我忽略中國人大火猛炒的做菜原則，還有，油量越多菜越燙，因為它是不冒煙的。

麻婆豆腐上桌時，小心翼翼撮起盤邊一小塊，瀝掉辣油，吹了又吹，輕輕沾食，媽呀，麻顫更勝鹹辣，直沖腦門，朱唇抖得說不出話。這道菜據說是清朝年間，一位臉上有麻點的女子研發出來的家常菜，因而得名。不過年代久遠，川人將麻婆誤為麻辣，以訛傳訛，口味越下越重，傳至今日，習慣已不可改。

以上乃我杜撰，不可深信。哈哈！

只好吃白飯。服務生把飯裝在木桶提來，重重放在桌上，名副其實的飯桶。其他飯桌的客人，人人端一大碗猛吃，奇怪的是，我觀察了好多天，四川很少見到胖子，幾乎都男的精瘦女的嬌小。

至於四川名菜，老臘肉、回鍋肉、粉蒸扣肉，饞得流口水，一想到紅油浸泡，辣椒堆疊的畫面，就只能看看菜單，不敢領教。

接下來幾餐，專找小吃，讓飽受麻辣考驗的舌頭，有了喘息的機會。成都的小吃早就耳熟能詳，什麼賴湯圓、韓包子、鍋魁夾肉、吳抄手、擔擔麵，全幫媽媽津津有味的吃回來。媽媽不愛回憶老家的人物，對吃食倒是叨念。

吳抄手現在已被龍抄手替代，也很好吃。乾拌、水煮皆宜，湯頭尤其鮮美。

賴湯圓是芝麻餡，與台灣的沒啥差別，吃的時候要蘸它附的糖芝麻醬，這就新奇了。香甜潤口。

鍋魁是用爐火烤的麵餅，裡面夾了軟趴趴的滷豬肉，麻鹹適中，便宜好吃，滋味無窮。

賣小吃的老店，如今生意依然川流不息，人聲鼎沸。我坐在裡邊望向街心，腦海不斷浮起問號。少女時期的媽媽穿什麼樣式的衣裳？梳什麼髮型？坐在靠窗這邊嗎？和什麼人一道來？外婆嗎？不滿二十歲就離開成都到重慶，又輾轉到台灣，再也沒回去過，六十多年了，午夜夢迴，齒頰留香的是哪一種小吃？

如果小吃是一種鄉愁，只怕媽媽湮遠的記憶之門，油漆早已剝落。吃著吃著，眼前和成都的秋天一樣迷濛。

那原汁原味的

二〇〇五年九月底，我和功洛終於回到爸爸的老家。到達合川的時候，暮色蒼茫，天空微雨，情懷晃漾，很不真實。趕了九小時路，先收拾感傷，解決民生問題要緊。偌大一個合川市，新房子一幢幢矗立，行人稀少，路燈高聳，卻暗淡無光。我們學那飛蛾，直撲有光的小店。

看了又看，菜單上只有魚湯好像還可以點。老闆娘轉身從廚房出來，秤盤上多了條大頭鰱，沉甸甸，少說也有三四斤，把我們嚇一跳，沒想到是條活魚。一陣天人交戰後，吩咐她別放麻辣等添加物，就閉眼等待，如果耳朵也能關起來更好。四川的餐館和戰場沒什麼兩樣，殘骸遍地，炮聲欲聾。

魚湯是裝在一個臉盆抬上桌的，那容器的長像跟台灣三四十年前的鄉下，用來盛水洗臉的鋁盆，材質大小，一模一樣。入境隨俗，吃吧！

正在進食，突然老闆娘又出現在鄰桌，這次秤盤上的是隻毛白眼紅，溫馴可愛的兔子，靜靜蹲伏，渾然不知大禍臨頭。我和功洛驚恐對覷，發不出聲。

第二天，生命史上極極重要的日子，我終於站在爸爸口中，而且被我憑空想像了幾十年的石龍場砥石壩。夢境成真，反以為虛幻。青山橫翠，麗日當空，掃去從成都就跟來的陰霾。

我、功洛、帶路護送的楊先生外，此時已加入找到的堂哥一家，及其他親人，坐車的坐車，走路的走路，先後匯集在現今已改名為香龍鎮的一家飲食店，邊吃午餐邊等我那從未謀面的大哥。

店員先送來切片的生肉和幾樣蕈菇，又端來一盆黑水放在桌子中央，盆裏浮滿切成小段的辣椒。說它是黑水，絕沒有任何侮辱和誇張，只做事實陳述。堂嫂殷勤的撈起一隻帶頭青蛙擱在我碗裡，我力持鎮靜，心頭噗通噗通。善解人意的楊先生早吩咐廚房炒兩樣不放辣的小菜。功洛謙讓說我們吃飯就好了，不用菜。我連聲附和。

我努力配著親情和聽不太懂的四川土話扒飯。坐在爸爸的故鄉，和故鄉的親人吃故鄉的米飯，淚水成串滴落。

和大哥及其他親人團聚一日夜後，揮別合川。楊先生幫我們尋親的任務完成後回成都，接下來由維珂弟，三叔的么兒，載我們到爸媽住過很長一段時間的重慶，熱鬧繁華的院轄市。

維珂弟帶我們去吃著名的「加州老鴨湯」，是一種以鴨肉為湯底的砂鍋火鍋，配料有各式菇類，湯頭極鮮美，最最重要的有一道菜叫牛肝蕈菇，顏色深赭，彷如牛肝，吃起來滑嫩爽口。小時候常見爸爸清晨散步回來，手中提著幾朵不知名的鮮菇，說是牛肝蕈菇，要媽媽煮食。爸爸一向遠庖廚，五穀不分，只因鄉情難忘，錯把馮京當馬涼。不知名的菇類往往有劇毒，下場當然是被媽媽丟棄。

此蕈菇台灣不產，今日才見廬山真面目，有如見到爸爸一樣親切，忍不住整盤倒進鍋裡燙煮。

接下來幾天在沙坪壩和朝天門附近的餐廳，見識到重慶人熱愛的麻辣鍋，和在滿鍋辣椒中搶撈兔肉的狠勁兒，大悟四川人個性裡的熱情、火爆、耿直，及大嗓門，與淵源流長的飲食習慣有極密切的關係。

初回台灣那陣子，用餐時間我總以「那個川菜呀……」做開場白，述說糗事，得意的嚼著用自己的方式烹調出來的清淡菜餚。時間一天天過去，笑點泡沫般消失，某些深遠的情愫莫名聚攏，心頭慊慊，病懨懨的，又說不出哪痛哪癢。

晃悠悠走進廚房，從櫃子上取出離開重慶的那個早晨，在超市，愛恨交戰良久買下的花椒，還有我拚命拒絕，仍被維珂弟塞進推車的各式麻辣火鍋濃縮底料。戴上老花眼鏡，仔細研讀使用方法。

半年前對麻辣敬而遠之，如今留下的竟是一種縈繞心底，揮之不去的情結，再也撐不住身子，蹲下來抱著來自四川的原汁原味，嗚嗚切切起來。

也是鄉愁

細雨輕灑的傍晚，獨自從遼闊煙濛的海邊歸來，揹著背包，悠悠晃晃。經過許多交錯的路口，城市光廊裡走走停停，就這麼闖入這家以麵食為主的川菜餐廳。

大江南北，各地小吃，都隱身在這座飲食文化多樣的城市，尋常巷弄內，川味美食偶現芳蹤。今日因緣具足，不期的邂逅，如同秋光中拾起一枚腳邊落葉般的自然。

杵在門口，仔細閱讀店家張貼在門板上的特色菜單，以及接受專訪的新聞報導。牛肉麵、紹子麵、炸醬麵、紅油抄手，都有食客按讚，我獨鍾情那碗擔擔麵。

六十多年前，它隨著一批倉皇的難民，翻山越海湧入這塊陌生美地。起初，它頻繁出現在某個蜀客的懷鄉夢裡，久了，遊子循著模糊的記憶，將紅辣熟油、花椒麵、肉末、麻醬、花生、豌豆尖、豆芽菜……等等，所有在當地找得到的食材，調成佐料，淋在剛起鍋的細白麵條，均勻裹上醬汁，快速翻攪，香氣潑辣辣的散發出去，激盪嗅覺與味蕾，撫平鄉愁。

從此，這款Q彈滑潤，散發著花生、芝麻香氣的特殊口感，征服了喜歡濃郁口味的饕客，一經品嚐，無不迷戀它粗獷的辛辣、椒麻勁兒，再也無法移情別戀。

據說清朝年間，四川的小販，擔著它走街串巷的叫賣，閭民走卒聞聲而至，是日常不可或缺的麵食，於是「擔擔麵」的稱號，逐漸在里巷間漫開。如今已經改為店舖經營，或是宴席點心，但依舊保持原有的特色。

初期調味料極簡單，後來民間經濟慢慢寬裕，才趨於多元。然而，花椒的麻、辣椒的辛、麻醬的香，無論跨越世紀或遠走他鄉異域，都是不變的原味主題，而且越麻辣越過癮，是川味小吃中最具特色的代表。

二〇〇五年我初到成都，媽媽的原鄉，千里迢迢一親芳澤；五年後再度造訪，漫遊古典與時尚兼容並存的「寬窄巷子」，與它精緻重逢；如今的台北南海路，我倆又三度交輝。

愁絲更兼細雨，點點滴滴灑在簷前，再也忍不住，鑽入靜靜坐落在煩囂大都會一隅的麵店，來碗擔擔麵，懷念。

不能啟口不能相見的愛
是遺落在波光荷影的
一支玉簪

第四章 細語燈花

我兒藍波

兒子是牛年生的，小時候我叫他「小牛」。韶光匆匆，轉眼已十數寒暑過去，他固然是我心中永遠的「小牛」，但每在學生面前提及，就有人不以為然，紛紛以「大牛」相駁。只是他本人並不欣賞這些暱稱，他說他叫「藍波」。

每天放學回家，他必然先到廚房找我，指著自己瘦得前胸貼後背的胸膛，很大尾的考我一個問題：

「知道我是誰嗎？嗯？」

我畢恭畢敬回答：

「是！是藍波！」

他才趾高氣昂，大搖大擺回房。

有時候我存心不理他，他一點也不懂察顏觀色，還一個勁兒問，我不得不把胸一挺，向他示威：

「藍波算什麼，波媽才了不起！」

他摸摸鼻子，識趣的走開。

名叫藍波，當然體格也得像「藍波」才行。於是去買張席維斯史特龍在電影《眼鏡蛇》中的海報掛在床頭，天天對著它練啞鈴。練完又跑來找我，擺出健美先生的姿勢，問：

「看過像我這麼壯的人嗎？」

我用手指輕輕一戳，肌肉就陷下去了。可憐哪！

練啞鈴不夠，還得打籃球。回來，不是手腕就是腳趾扭傷，必須看跌打損傷科。

某天放學歸來，沒按往例問我他是誰，就直接回房趴在床上，我擔心的問他，原來是體育課閃到腰。藍波裝出一副很可憐的樣子，說他太虛弱了，應該吃巧克力補一補。我立刻一拳「補」在他屁股上。

除了迷藍波，他還迷西洋各大合唱團，每天戴著耳機聽，那些洋涇邦倒背如流，國文課文卻過目即忘，分數越考越少，名次越排越多，我常面有愧色的叮嚀他：

「千萬別告訴人家你媽教國文喔。」

藍波的狗窩，除了簡單幾樣家具外，所有空間都貼滿了半人半妖的合唱團，各個披頭散髮，紅唇碧眼，奇裝異服，不辨雌雄，日夜環伺藍波，炫惑藍波。藍波雖心嚮往之，舉止衣著倒相當保守。由此看來，這個十七歲的男生，嗜好歸嗜好，現實歸現實，楚河漢界，分得可清楚。

其實藍波不是長大了才當藍波的，從小就有「英雄」架勢，也有不少「英勇」事蹟為家人津津樂道。

大概還沒上小學吧！一天，不知哪家孩子，發現巷口的大排水溝裡有隻長腳蜘蛛，孩子們露出畏懼之色，藍波何等英勇，除暴安民一向是他的天職。那時卡通影片正流行「科學小飛俠」，於是藍波找來一根棍子插在腰際，兩手平行張開做飛行狀，率領一干人馬飛呀飛呀，眨眼就到了水溝邊。仇敵見面分外眼紅，一陣廝殺，煙塵蔽日。

「噗通」一聲，蜘蛛落水了？不，藍波「水遁」啦！

一群孩子驚慌來報，藍波被救上岸後，從髮際、嘴裡、衣服上、口袋中，掏出的泥沙幾乎有半盆，而那隻蜘蛛還緊貼在溝壁，向他露出揶揄的笑容。

藍波到亞洲樂園玩，波媽看到他對雲霄飛車上尖叫的人頗有鄙夷之色，於是恭請他上飛車示範。藍波以「泰山崩於前，面不改色」之姿，向前大踏步而去，但三步後立刻轉身緊抱波媽大腿，放聲嚎啕。波媽恍然大悟，堂堂藍波豈可以飛車小技覷之，他是「有所不為」的！

藍波很喜歡玩具車，小時候波媽買了好幾輛火柴盒小汽車給他。有位長輩送他一輛會跑會鳴的警車，一年多藍波都不碰它，有天在玩耍中不小心誤觸開關，警車頂著駭人的閃光嗚嗚狂嘯，向他橫衝直撞而來。藍波身手矯健，飛躍而起，貼在壁角，臉色紫脹，扯開喉嚨，用震天哭聲還以顏色。啊哈，從此以後，波媽知道藍波除了「懼高」，還有「畏聲」的弱點，偷笑不已。

有陣子藍波迷上棒球，曾經揮棒而擊，棒落人跌，棒子把地戳個洞，門牙也把下嘴唇咬個坑，雖無大礙，臉色卻蒼白好幾天。而那粒球一直未被尋獲，據目擊者說，只見它翳入天際，雲深不知處。

有個傍晚，藍波拿顆梨子到門口吃，沒拿穩掉下，眼見就要滾落溝中，為搶救它，他縱身一跳，來個鷂子翻身，比梨子先一步倒栽蔥衝進水溝，把下巴撞得皮開肉綻，到醫院縫了七八針，好些天只能以牛奶代飯。波媽接連三天站在溝邊呼喊：

「藍波喲，歸來兮！藍波喲，歸來兮！」

藍波除了「英勇」，還十分有「孝心」，會把從外面撿回來的橡皮筋，送給波媽綁頭髮。把在幼稚園吃不完的點心，帶回家放上好幾天，才想起來給波媽分享。

波媽體弱多病，不到四十就齒牙動搖，十七歲的藍波故意在面前把牛肉乾、甘蔗，吃得咂咂作響，還誠懇的說：

「我請妳吃牛排好不好？」

波媽精神耗弱，夜不成寐，爬起來改作文，藍波沖杯又黑又濃的咖啡端來，無限體貼：

「來補補身子嘛！不喝？真不喝？浪費啊！」

然後很委曲、很慈悲的「幫忙」喝掉它。

唉喲，藍波的故事太多了，且留些下回再敘吧。

又見藍波

藍波從小就是個守規矩，不讓操心的孩子。

唸幼稚園的時候，要是波媽忘了幫他剪指甲，隔天想起來查看，鐵定已被他咬掉，像狗啃似的。問他為什麼猴急。

「老師要檢查嘛！」

還邊說邊得意的表演：「我會這樣這樣咬，不用指甲刀。」

大概小三吧，波媽常發現他穿著制服睡覺，連腰帶都繫得緊緊的。波媽告訴他這樣有礙健康，而且會把制服弄縐。他振振有詞說：

「要是睡晚了起來，可以直接到學校，不會遲到。」

可真敬業。

同這一年，波媽帶學生畢業旅行，三天後回來，發現藍波每天晚上洗完澡後，自己動手洗制服，晾在陽台，乾淨整齊。害波媽眼淚汪汪，感動又自責了好幾天。

別以為藍波樣樣事都謹慎得像個小大人，他也曾經童言童語，令人噴飯。

小時候常隨波媽去買菜，有一回藍波蹲在地上，看賣魚伯伯養在鐵盆裡的小金魚遨遊，不肯起身。伯伯看他可愛，就送了他一條，回家養在臉盆裡。小魚兒悠遊半天就翻白肚了。

藍波要波媽把魚「種」在後院，眼神閃過一抹奇異的色彩。

隔天藍波起個大早，拉著波媽就往院子跑，說要看魚「長」出來沒？

瘋狂的行徑還不止這樁。

波媽在前院種了盆植栽，起初鮮碧勃發，未幾日便容顏憔悴，終致回天乏術。波媽非常納悶，猜想其中定有蹊蹺，於是埋伏門後緝拿禍首，元凶正是藍波。原來他每天晨起，對準小樹撒泡童子尿，說是「澆花」。

藍波還是個多情兒郎喔！

某次不知犯了什麼錯，被波媽打了幾下，才三歲多的藍波，穿著一條藍色揹帶褲，坐在樓梯口，涕泗滂沱望著波媽，一面抽搐，一面結結巴巴說：

「妳……妳打……打我，我還是愛……愛……愛妳。」

這真是天下一等一的情話，也是藍波這輩子唯一一次向波媽深情告白。波媽彎身抱起藍波，流淚發誓，從今以後甘願粉身碎骨，報答恩情。

波媽就是為這句話，撐過後來艱苦的歲月。

別小看波媽，當年登大嶺卡、五指山、七星山，從大屯山翻山越嶺到金山，可是不費吹灰之力的。為了再展雄風，藍波四歲那年某個假日，波媽肩揹皮包，腰繫花裙，足蹬高跟鞋，就攜了不知天高地厚，穿著短褲涼鞋的藍波，興高采烈去登南投小半天瀑布。

到了縣境，隨著一群青年學生下車，旋即陷入整片不見天日的竹林，路越走越荒，山越爬越高，卻顧所來徑，茫茫不知處，波媽這才心慌，然而已無法回頭，只有硬起頭皮前進。

波媽緊緊牽住藍波，好個藍波，一路沒叫要抱，也沒哭喊走不動，如古代銜枚士兵，又如虔誠苦行僧，艱忍不吭聲，波媽愧疚擔心得連連祈禱。

來到一處峭壁，領隊揹起藍波攀繩而上，藍波胖手緊勒他脖子，肥腿緊夾他腰背，像隻無尾熊。波媽顧不得裙底春光盡洩，顫危危奮勇緊隨在後，心想：要是藍波滾落下來，或可稍擋一下。如果他有個閃失，波媽我這就縱身往下跳，絕不獨活！

還好一行人攀上山顛，平安無事。而所謂瀑布，不過是條近於乾涸的小水流，遠不如藍波「澆花」的水量，大失所望。

回程，藍波終於幽幽道出心聲：

「以後我們坐車看山就好，不要爬。」

藍波行事可低調得緊。

小五他參加合唱團，代表學校比賽，事前半點口風不露。參賽當天，我同事揹了相機要去幫女兒拍照，順便問我要不要一起去。我滿頭霧水傻在那裡。弄清楚原因後，恨不得有個地洞可鑽，真怕他誤會我不關心藍波。

那個年代不興聯絡簿，藍波回家又沒告知，我怎麼會知道這件大事呢！

國中時期，藍波當了樂隊指揮，每回國慶日光復節，全鎮高、中、小學的師生，都要到國中操場大會師，各級長官輪番訓勉完畢，遊行隊伍鑼鼓震天，重頭戲正式登場。

我帶著高中生走在前面，藍波這位樂隊長，帶領國中全校師生，拿著權杖，威風凜凜跟在我班級後面不遠。走了兩年，波媽竟不知一直在「狐假虎威」，還以為全鎮居民，是為了看我正步踢得高而萬人空巷，滿堂喝采呢！

藍波向來不提光榮史，害波媽不能以他為榮，向同事炫耀，真真陷波媽於不義啊！

藍波　再見

一直跟在身邊的藍波，終於離開波媽為他構築的窩巢而振翅高飛，飛入大學，展開另個階段的學習之旅。

沒有藍波的日子真不習慣，屋宇空蕩蕩，心也晃悠悠。波媽不斷用歌聲鎮壓惶恐，所有會唱的國台語歌全唱遍；一人兼飾兩角，全本梁山伯祝英台的黃梅調也唱做完了，寂寞依舊滿屋滿心懷。

離家後藍波很少打電話回家，波媽寫去的信常石沉大海，理由是「沒有消息就是好消息」。波媽知道，大學學問浩瀚，他得汲汲營求；社團、戀愛學分都要修，一定忙得分身乏術，絕不能打擾，只能日夜在心裡祈禱他平安。

放假歸來，藍波關在房間聽音樂，足不出戶，他的宇宙管絃齊鳴，屋外獨留一片冷寥給波媽。

假期結束，藍波返校，波媽在他房間徘徊，東摸摸西看看。桌面收拾乾淨了，書籍衣物不見了，床罩枕頭摺痕如新，彷彿未曾回來過。多希望屋內凌亂如戰場，留下些許真實。

波媽坐在床沿，仰頭看天花板，再怎麼佯裝，淚水還是順著臉頰簌簌竄下。

這些感傷，波媽燈下家書向來不提，尋常問候，一般叮嚀，多少牽掛隱含在心，藍波哪能體會。

有一次藍波返家後有事外出，在門邊繫鞋帶，波媽從廚房探頭問：

「幹嘛？」

「出去。」

「哪裡？」

「外面。」

丟下不是答案的答案，旋即消失在門外。

通常藍波能用一個字表達的，絕不用兩個字；能用搖頭點頭示意的，絕不出聲，頂多用「嗯！嗯！」表態。波媽精簡的語彙，全是拜他訓練出來的。

不知道什麼時候開始，那個從學校回來告訴波媽：

「今天老師說我是第三愛講話的。」那個小藍波不見了！

藍波大一那年夏天，有人按鈴，從對講機傳出一個年輕的男聲，說是推銷衛生紙。波媽請他進屋，買了兩大串共十二包，堆在還有半年存貨的房間，又請男孩喝飲料。後來聽同事說，最近有宵小就是利用這些行徑來探路，以便日後打家劫舍。波媽才不怕這些呢，牽掛的是，在外打工的藍波是不是也有人憐惜，遞杯茶水給他，波媽是愛屋及烏啊！

又有次走在街上，遠遠看見有位穿紅夾克的男孩，波媽緊盯著他背影不放，眼眶漸漸泛紅。因為藍波也有件一模一樣的夾克。

藍波服完兵役在台北就業那年，許是獨自留守辦公室冷清；許是離家多年思親情切，經常打電話回家，一條電話線牽起兩地情，波媽彷彿又看見國中時跪在她床前，母子相互閒談的畫面。久違了！

一年後回台中上班，藍波又恢復嚴肅不苟，臉上讀不出心情，辨不出陰晴圓缺。

小時候要勾著波媽小指頭，才肯入睡的藍波不見了！

小時候出門一定要問：

「媽媽去不去？」波媽不去他就不去的藍波不見了！

小時候波媽蹲廁所，和她一起聞香的藍波不見了！

小時候吃波媽炕焦的蔥油餅，仍說好吃的藍波不見了！

現在的他，亟欲脫離原生家庭，追求自我風格，特立獨行，沉默寡言，疏離陌生。昔日藍波點滴蒸發，波媽難捨絲縷，典藏回憶。

藍波公證結婚那天，酸甜苦辣在波媽胸中翻騰千萬遍，百感交集，藍波卻一個勁兒要她平常心！平常心！

孤兒寡母歲月艱苦，立業建家成長不易，豈能以一句平常心，硬要波媽將半生憂戚一口吞嚥？藍波又真能平常心嗎？

藍波日益壯碩，崩裂童年，慘綠少年，都成過往，然而波媽深知，那鎖在沉沉黑箱的記憶，正慢慢發酵擴大。他外表老成，實則對多變的人事充滿疑慮；他在家如入定老僧，絕少開口，反倒映襯出內心的不安。

藍波不追求享樂的生活，只願歷經家園破碎後，能在自己的世界悠遊自在，永無波瀾。波媽了解，冷嚴的臉譜下，斂藏的是顆無偽的真心，正因為了解，更叫她憐疼。

累世宿緣，才能在今生結為母子，但承歡膝下的日子畢竟短暫，夫妻攜手同行方是長長久久。藍波有幸找到紅顏知己，從此，不能向波媽吐露的心事，有了傾訴對象；失去的歡顏，終能在愛人跟前重拾。

曾經波媽攬著心愛的小藍波，坐在生命列車上引吭歲月，共嚐悲歡，如今長大的藍波，已經駕著另一班車，載著愛妻，急速駛向精心布置的新天地，攜手扶持，白首偕老，波媽階段性任務完成，是該獨行隱退，不必留戀，只是望著大踏步履，不再回頭的藍波身影，波媽好捨不得，好捨不得說聲：

「藍波，再見！」
淚水滑落，忍也忍不住。

賽珍珠

我心中有顆無價之寶，賽過珍珠，她是我的媳婦。與我唸的又是同一所大學，這份緣使我們的心更貼近。

媳婦樸實端莊，心地純敏，有柔美的長髮，開朗的笑容，全身上下散發出靈慧的氣質，深得我心。言談中，措辭傳神得體，這得歸功於良好的家教，和她後天自發的閱讀習慣，只要一書在手，任何聲響都干擾不了她的心思。尤其喜好翻譯推理小說和金庸武俠，滋養了她理性、細密、爽朗的個性。她的涉獵是多方面的，舉凡生活常識、中外文學、歷史美學、電腦新知……只要請教，沒有不獲得滿意答案的，令我驚喜的問她：妳有不知道的事嗎？

媳婦喜歡文藝，聽說中學時期，篇篇生動的小說，就在課餘飛躍紙上，可惜後來她以讀者自居，不然早就是文壇才女。

藍波大二那年看了《阿甘正傳》，放假歸來談起這部片子，說那片冉冉飄浮的白色羽毛，象徵主角純淨的心靈。

他是老實人，言語間靦腆的笑，有些心虛，我猜想精闢言論的背後，必然有位高人。兩年後見到還是女朋友的媳婦，果然聰穎大器，見解不凡。兒子有福了。

他們剛結婚，我就袒然掏心，希望做對不一樣的婆媳，沒有要求，只有悅納；沒有怨隙隔閡，只有分享讚美。我的溫暖，安撫了她初為人媳的緊張與不安。經常餐後，婆媳倆在廚房擦擦洗洗，貼耳交談，傾聽我生命中最美好，最哀傷的悸動，彌補多少憾恨。確實沒讓人白疼。

我逗老媽媽開心，寵她哄她，媳婦說足以媲美彩衣娛親的老萊子；平日不對兒女嘮叨說教，她體會出我是身教重於言教。慧心玲瓏，所有耕耘全看在眼裡，有了這顆賽珍珠，內心時時洋溢歡喜。

週末知道他們要回來，我有更多期待，心情翩翩起舞，日子愉悅充實。看媳婦嚐一口迷迭香烤鮭魚，展露燦爛的笑容，就雀躍萬分；什錦沙拉，她貼心的建議，要是換成原味優格更健康美味。請我上館子，在味覺上嚐鮮；更用e-mail傳報美食資訊，供我選擇參考。我們有比尋常婆媳更親善的友誼關係。

親家母擅長烹飪，無論大宴小酌，節慶美食，樣樣精擅道地，媳婦長期浸潤薰陶，品味卓群，只是她工作忙碌，無暇做羹湯，相信她家學淵源，假以時日，定會做出滿桌佳餚，將飲食昇華為頂級藝術。

一天我們外出用餐，兒子媳婦親暱牽手走在前面，十年情侶，五年夫妻，仍然初心不移，守情如一，人間絕美！突然發現，幸福的不只是眼前這雙儷影，還有我這個婆婆媽媽。

留聲

那年帶著才小五的藍波回到娘家，他似懂非懂，什麼也沒問，就是死心塌地跟著我。除了心疼，我還有更多感恩。

娘家是兩層樓的教職員宿舍，老媽媽睡樓下，我們母子分住樓上的前後房間。晚上藍波做完功課，常到我房間磨蹭，要不就站在窗邊，對著綠紗唱歌。窗下有排平房，住的是大藍波好幾歲的劉家姊弟。劉家姊姊特別照顧他，每個黃昏都帶他在操場濃蔭深處嬉戲，場景溫馨和樂，我站在遠處偷偷拭淚微笑，鬱結稍解。

孤單的他，常對著窗下熒熒燈火高唱〈秋蟬〉和〈龍的傳人〉，那是新近學會的流行民歌。童音穿破夜空，嘹喨純淨，散入空氣。我停下改作文的手，從側面傾注兒子俊美的臉龐。忘我歌詠，表情端凝，頸項間筋脈格外鮮明。他的心，隨著歌聲，朝他明日的快樂飛去，我頡頏左右，是護持也是取暖。

童年很快在人事崩裂中消逝，歌聲嘎然而止。他一直跟在我身邊，緣深情近，竟不曾錄下飄墜的音符。好懷念那個聒噪黏膩的兒子；好懷念那個小小兒郎在窗邊的清唱。

高一那年，藍波的音樂老師，揀選幾位音色還不錯的孩子，為他們灌製一卷卡帶，中英文歌皆有。藍波得以留聲，真感謝那位伯樂老師。

錄好後我想多買幾卷送人，為低調的他所阻。十多年後又找出帶子重聽，慶幸音質完好無缺，忙託專人轉錄成CD保存。

將視為寶貝的CD送藍波一張，他淡淡的表情，不以為然的口氣，顯係無意與十六歲時曾經絢爛過的青春重逢。我微微一笑，笑我的痴情，笑我的呆頭兒。

童聲無痕，十五二十的少年時，也已從斜塔頂快速滾落，翻過歲月後，精密的時間篩子，會在藍波心頭留下一些他想要擷取的記憶，總有一天他會尋根，我且先一步綢繆，媽媽的用心自有時間驗證。

靜夜點一盞床頭小燈，擁被半臥，青澀的嗓音便在耳際揚起，高亢銳薄，不假修飾，散發那個年紀的真摯。我為能及時保存和聆聽逝去的年少原音而感動。

曾經我以照片為藍波的成長軌跡留影，現在又能用CD為他的年少歲月留聲，眼裡耳裡充滿溫馨的聲容，心上有絲回甘，也有了依靠。

捷安特裡的夢想

藍波國中時期的暑假，怕他無聊，我從學校拿回來救國團暑期育樂活動的報名表，鼓勵他參加。他興趣缺缺。高中時終於答應我同遊日本，卻因役男的限制不得不放棄。大學念的是觀光系，大三舉行歐洲畢業旅行，他捨不得我花錢，體貼的說，等將來自己賺了錢再去。

記憶裡，藍波在物質上只有兩次額外的要求。第一次，他想要一輛捷安特。當時我薪俸微薄，除了養自己的家，還要偷偷攢一點錢照顧娘家人，拮据的預算，僅夠買輛普通的小腳踏車，做為十歲的生日禮物。車子買回來，看他每天騎著穿梭於巷弄，我以為他滿足的踩著夢想前進。

二十多年後，偶然閒聊起這段往事，藍波終於道出心聲：沒辦法跟同學比，當時心裡極度不平衡。我才恍然同儕間互尬的微妙心思，已在他幼小的心靈烙下深深印痕。如今我有能力買很多輛捷安特給他，卻再也買不回他輸掉的童年。

高二那年，瑞典的歐洲合唱團到台北開演唱會，那是藍波青少年時，除了席維斯史特龍外，伴他渡過狂飆期的偶像。我立刻雙手捧上票錢車資，只要能讓我的藍波快樂，挖心掏肝都願意。

結婚後，藍波帶著心愛的妻子，經常像比目魚般，鰜鰈游向寬闊的大海。今年六月，更雙雙辭掉耕耘多年的工作，前往中南美洲，做為期四個月的印加文化、瑪雅文化之旅。一直以來，他們不走現代感路線，每一趟都是深度豐富的古國巡禮，例如吳哥窟、斯里蘭卡、尼泊爾、印度，然後祕魯、厄瓜多、瓜地馬拉、墨西哥等。跨出失落，藍波不再跟別人比較，用自己的金錢、自己的節奏、自己的方式，向世界打招呼。

藍波夫婦個性很不一樣，卻以驚人的相互依存的信念和共同的執著，攜手走天涯。用培養多年的哲學觀，很有默契的慢遊時空，帶出旅遊新觀點；從歷史的角度探索文明。旅遊添了厚度與質感，眼神多了自信與沉穩。

孤寂的窗口有我在等待，接到mail或是失聯的日子，心情都大幅震盪，他們的目光在遠方，我將牽掛和安眠藥一起調合，夢裡學習放下。

對世界的探索，也許就在藍波想要一輛捷安特那年，神祕地開啟，如今他已經過了不惑，站在壯年的起點，期盼他那把生命之火持續煨燒，再度照亮另一個夢想。

累了你就回來

出國前夕，藍波把種的植栽送回來託我照料，遠行中南美洲四個月，已是擺在眼前的事實，首次離開我那麼遠、那麼久，內心有萬千個不安與不捨，臉上還是掛著微笑裝瀟灑：「世界何其大，想飛就飛吧！」

還記得那年電影院內我抱他在懷裡，同看「大白鯊」的情景。

還記得，他國小六年級韋恩颱風來襲，我從南部唸研究所回來，問他怕不怕，他很堅強的說不怕：「我站在窗戶邊，看見一塊鐵皮飛來，落在對面鄰居屋頂上。」故作鎮靜的小臉繃得鐵青，至今仍讓我心疼。

那個穿紅夾克、白長褲的英挺少年，多少年了，仍然刻印在媽媽心版。

那枚退伍後，象徵榮譽的「海岸巡防」的紅臂章，一直緊貼在我舉頭可見的書桌前方。

兩朵乾燥的玫瑰花，是藍波夫婦新婚當天，胸前的佩飾。十年來都放在收音機上，伴我晨昏。

是誰偷走了時光？那個深夜狂奔找媽媽的小男孩，已經長成大人，堅持做自己，活出個人風格，每個背影都有我悵然依戀的眼神。

媳婦貼心，只要停靠的地方有網站，就會傳訊息回來，以免我懸念。多少個深夜仰望天際，感恩禱祝：孩子，有妳真好。

每張照片都讓我有身歷其境的感動，跟著他們拓展視野；越過他們的肩膀，癡望他們凝視的世界；趴在地圖上追逐他們的腳步。每一站都幸福，也都有我深深的祝福。

思念的時候，深情化為甘泉，輕輕灑在盆栽，綠葉含露凝翠，份外柔亮。晨光下，花器展現素淡古樸的紋路，正是藍波低調老成的寫照。

爸爸生前愛種果樹，花草是我的慰藉，藍波也遺傳了綠手指。植物於我們不再是植物，而是冥冥中一脈相通的心靈。

村上春樹說：很多事物只要你用心去體會，都是「小確幸」。小確幸，一種微小但確切的幸福，發生在簡單平凡的生活中。那麼，每天等一封mail到來，每天從植栽的新綠看見一絲希望，也是小確幸囉？

有一首歌是這樣唱的：「……天冷你就回來，別在風中徘徊，昨天的雨點灑下來，那滋味叫做愛……。」親愛的孩子們，現在我要唱的是：「……累了你就回來，別在風中徘徊，昨天的雨點灑下來，那滋味叫做媽媽的愛……。」

歸來的時候，不問你們行囊裡裝了什麼，只要你們在心深處找到答案就好。

深情密碼

牛兒，親愛的牛兒，你出生於牛年，和媽媽生肖相同，於血緣關係外，我們更親上加親。媽媽的學生叫你「小牛」，稱我「牛媽媽」或「牛姥姥」，經常編造理由，送來以牛為造型的擺飾，幾十年來，媽媽一直珍藏這些禮物，每天擦擦摸摸，滿心念著的，除開師生情，就是我的好牛兒。

你誕生那天，消息傳回鄉下，阿祖來來回回從村尾樂到村頭，逢人笑說歡喜，早年辛酸守寡的淚水，都因有了金曾孫而消散。日色如金，面色如春。

家族中你是大房長孫，媽媽母憑子貴，得以獨享乳鴿燉粉光、滴雞湯的高檔月子餐。可惜口福只享了三四天，就因乳腺膿腫住院，直至滿月。

你生就眼大鼻挺，面方耳厚，莊重正派。阿公的鄰居中有位慈藹長者，某日來家閒坐，仔細端詳襁褓中的你，肅然下結論說：

「這個囝仔將來會做到縣長！」對生活樸實，敬官畏府的鄉下老人來說，當縣長即等於封侯拜相，位極人品。事實證明，你淡泊名利，生命基調殊異，預言不可能成真。

「好可愛！」小時候凡見過你的，無不稱讚。叔叔阿姨老遠見到，都要過來逗逗。媽媽下課載你回家，學生們像現代追星族，在腳踏車兩旁「小牛，小牛」尖叫震耳。你好奇的注視她們，不知自己魅力何在。媽媽特意放慢速度，享受歡呼，可是跩得很哪！

小學畢業前，媽媽用相機為你留下各種回憶，每個鏡頭都勾纏住靈魂深處的讚美。這張噘著嘴，那張扭著臀，還有一張缺了牙。這張跳舞，那張彈琴，更有一張在沉思。姿態各異，表情豐富，天真爛漫，好個陽光男孩！每個動作都吸引媽媽全心全意的愛，願傾我所有，護衛一生。

國中功課重，老師逼得緊，鐵青的臉，媽媽心疼得舉不起相機。上了高中，你變得沉默寡言，桀驁剛毅，毫不掩飾地掛在依然俊秀的臉龐上，不協調卻又渾然天成。這其中一定有個奧祕的變化，潛藏在更深的內在，無關青春叛逆，媽媽希望能探觸撫平，卻總是不得其門。

底片仍在翻捲，要細心留意，才能捕捉片時柔情。

終於你展翅飛進大學，飛離媽媽的視線。不在家的日子，看著那些留住時光的照片，充滿懷念與不捨，倘若思念是座高塔，媽媽定是困在高塔頂端，搆不著天，挨不到地。

北窗下重溫照片，有時候那身影熟悉得像是不曾離開我一天半日，有時候又驚訝那個小小牛兒，是怎麼眨眼間長成這般高大粗壯的。

成家後的你，每次回來都安靜得像掛在書房中，那幅張杰的荷花圖。媳婦悄悄透露，通向祕境有道開關。你沒給媽媽密碼。

週末共進午餐，即使尋常菜色，你也大快朵頤，彷彿盡是山珍海味，「好養」是你的正字標記。如果說「愛，就是把菜吃光光」，那麼你確實用了最佳方式回饋。

一陣風掃雲捲，你迅即離席，專注看電視，如尊布滿堅毅線條的雕像。不發一言，成了根深蒂固的習慣，像是有意折磨誰。

電梯口就是陽關。每回送你離去，關門的剎那，一角黑衫消失在狹窄空間，心頭陣陣悵惘。牛兒，你真的回家過嗎？為何屋宇不曾飄浮任何屬於你的音符？

多年前媽媽曾經在腦海構築願景：要蓋棟很大很大的房子，兒子住這間，女兒住那間，全家永不分離。夢想因為一個女人闖入而崩塌破碎，這輩子再圓不起來。那年你十歲，心靈從此鎖上密碼，多年以後，媽媽才悲悟你由童年青春到成年，隱含的怨懟。

年輕時候，媽媽認為一個人只要行端意正，天地會為他扭轉，當生命的畫布已經塗滿黃昏色彩，才知道奔馳在人生這條路上，各有各的遭遇，不是每個人都看得見燦爛的黎明。

親愛的牛兒，媽媽要如何告訴你接受生命中的無常和不圓滿？人生旅途都在不斷換景，我們無法預測何時該轉彎，我們看不到結局，一切都在逆風前行中，自動翻修，成就風貌。

誰的生命角落沒有故事？命運的風帆一張，各自都要航向不同的海域。這趟旅程的學問何止千萬？用愛溫暖天地，學習關懷與傾聽，才能真正讓自己和身邊的人歡喜自在。

媽媽以這篇文章，配合你從小至今的生活照，挑選合適音樂，做成ＶＣＤ送給你留念。喜歡嗎？你的密碼，能用深情破解嗎？

小小羊兒要回家

女兒屬羊，沒旁人在跟前的時候，就寵暱的喚她羊兒，這是我們間的祕密。

那陣子還能時常見面。

週末午後，太陽光亮花花灑在地上，他按時送她到巷子口，煙塵絕處，小仙女疾奔而來，我展開雙臂，深深震顫，激動、歡呼，不覺滲出了晶晶淚光。

我們有一天半的相聚。

教羊兒做美勞。

空養樂多瓶子做成電話筒；牛奶盒洗淨，瀝乾水分，再黏上兩根吸管，就是新嫁娘的花轎。

也畫圖。

羊兒用蠟筆在紙上畫媽媽，長裙裙襬盡是飛舞的粉蝶，襯衫中間有排釦子，羊兒密密的圈了又圈，說是甜甜圈，我只當它是無窮無盡的相思。

還用顏料作畫。

把五顏六色擠在剪裁好的白紙上，然後對摺、輕壓、攤開、吹乾，就是一張抽象畫卡片。幫忙題幾句詩詞，教她這張送給老師，那張送給同學。

「這張最漂亮的要給誰呢？」我故做沉吟。羊兒不假思索，大聲說出答案：

「媽媽！」

然後很興奮的在卡片上簽名，想到接獲的人會說好漂亮，臉上小酒窩就又紅又圓。也把水彩調和勻當，小心翼翼滴在紙上，然後母女倆鼓起腮幫子吹，吹出來的畫，有的像蝸牛，有的像小狗，偶不留神，就把自己濺成花臉。摟她入懷，誇她是小畫家，羊兒笑得母雞似的。

夜幕低垂，我們挽著手到住家旁邊的校園草地散步，看星星。羊兒高舉手臂，享受涼風從腋下飛過的快意。我指著天上最大的那顆星說是「媽媽星」，告訴羊兒，想媽媽的時候，看著它叫媽媽，媽媽就會來到身邊。羊兒仰頭看，淘氣的呼喚了幾聲，沒有懷疑，也不懂得問：「媽媽真的會出現嗎？」讓我為難。

走累了，我們坐盪船，船在風中嘰嘎嘰嘎吟唱，羊兒站不穩，索幸躺在媽媽懷裡，聽她訴說遙遠的故事。

「後來呢？後來呢？」

起初羊兒還興味盎然的追問，漸漸聲息隱翳在蟲鳴中。微風悄悄滑過林梢，夜涼如水，抱起小睡仙，吻著她的頰，撫著背，走向回家的路。

閣樓沒裝冷氣，又怕電扇吹久了羊兒會感冒，輕搖紙扇，緩緩搧去滿室悶暑。淡淡燈色，斜照羊兒，肌膚若玉，睫毛如梳，菱唇微張，一縷柔髮橫陳枕上。我忍不住愛憐，俯身親吻。

羊兒驀地坐起，說要尿尿，就向著壁面下床。忙忙亮了燈，抱她上馬桶。

「喔！媽，我以為是在爸爸家。」羊兒半張起睏倦的眼，若有所悟。

靜夜寂寂，淚也無聲。

小樓很快又歸寂暗，清月映窗，別有一股婉約幽靜。週末夜晚守著窗兒，守著羊兒，唯恐一闔眼，眼前的真實就倏爾杳無蹤影，我要守到天明，幫羊兒數數夢裡花兒落多少。

也不是每個週末都能廝守，常被無情阻隔，命運操縱在他人手中，掙扎反抗，只有使箍咒束得更緊，唯有等待，在等待中承受哀愁。那種日子，只有藉幽幽簾夢與羊兒續前緣舊情，往往貪歡，竟不知是夢。

有一次母女倆在夢裡同嬉戲，歸去，到了家門口，遍尋不著鑰匙，驚得全身是汗，低頭，連羊兒也失去蹤影。哭著醒來，猶自抽搐，漣漣中希望再睡去，我要重返夢裡追尋。

只要羊兒回來，就整天開著錄音機，錄下每個羊兒的聲音。

「妳講故事給我聽好不好？」

「當然好啊。嗯……從前從前有個小女孩，最喜歡和媽媽上市場買菜，因為媽媽會買好多好多汽球給她，有黃的、藍的、紅的，好多好多……。」

「現在換我唱歌給妳聽，我們老師教的喔。讚美主，讚美主，讚美主在早晨，讚美主在中午。讚美主，讚美主，讚美主在黃昏時。」

羊兒被換過好幾所幼稚園，這次讀的是教會學校。

「來唱『我們的歌』好嗎？」我央求她。

「就是『小小羊兒要回家』對不對？」

「對呀，妳都記得，真乖。預備，起！」

「紅紅的太陽下山啦，咿呀嘿，呀嘿！

小小的羊兒回家啦，咿呀嘿，呀嘿！

…………。」

「媽，媽，妳的聲音為什麼怪怪的？為什麼每次都要唱這首歌？」

羊兒偏著頭看我，眉眼間出現剎那迷惘，瞬息又恍若無痕。

「我畫圖給妳看。」畫呀畫。

「雨，下雨了。」

拿過來一看，紙上盡是線條，直的、斜的、長的、短的，像深夜裡綿綿的愁思。

吃飯的時候：

「多吃點嘛，不然長不大。」

「長大幹嘛？」

「可以找到媽媽家呀，不會迷路。」

「媽媽家？」

羊兒張開小口，嚼著一匙一匙餵進來的飯菜，也嚥下很多疑惑。

怕近黃昏，偏近黃昏。

扭開瓦斯，且注滿池溫柔，與羊兒共浴。水溢出浴缸，也滲出眼眶。

特別為羊兒買瓶會起許多泡沫的沐浴精，倒些在池子裡，輕攪幾下，整缸就都是大大小小的夢，像羊兒的憧憬，也像我幻滅的愛情。再倒些在手心搓揉，翻起白沫，抹到羊兒身上，先是耳下頸項，細細柔柔的肌膚，如玉如脂，羊兒也回抹媽媽。接下去是胳肢窩，羊兒怕癢，不許人搔，她要保留一片天地，獨自耕耘。就依她。

托起泡泡輕輕吹，飄散無蹤，再托起彈向羊兒，水珠在粉臉上綻開，笑靨如春日園中的繁花。冷不妨羊兒回敬一馬，水仗於焉掀起。玩到盡興，才扭開蓮蓬，洗去潤滑。

霧氣氤氳迴旋，別緒糾結心頭。

替羊兒換好乾潔衣衫，紅色福特車已在暮色中不耐煩的等候，喇叭聲催得人心肺俱裂。已然歷經千劫，當省得「惜福更要捨得送夢」，不敢讓羊兒多停留一秒，唯恐多得的福氣會在下個周末被討回。無聲道再見，直到小小身影從門縫消失很久很久，才黯然回到閣樓，按下錄音帶，一室空寂，任它輾轉：

…………

小小羊兒跟著媽，有白有黑也有花，
你們可曾吃飽哇？
天色已暗啦，星星也亮啦，
小小羊兒跟著媽，
不要怕，不要怕，
我把燈火點著啦。
呀嘿，呀嘿，呀——嘿！

聽我輕輕說

親愛的荷花，或許某些童年往事，妳因年紀小而記憶斑駁，可是在媽媽的腦海卻歷久彌新，就讓媽媽用照片為妳打開記憶大門，逐張訴說煙塵舊事。

那年農曆六月二十四日，民俗節氣中的荷花仙子壽誕，一朵素淨小荷花，輕盈誕生在媽媽的心湖，從此我有了荷花女兒。在爸媽哥哥，和眾多長輩祝福期待下，小荷花慢慢長大。

妳曾經是嬰兒車裡的小貝比，然而很快地，即使搖搖晃晃，也堅持要用自己的雙腳，踏上生命旅程。

週歲了，歲月在我荷花女兒面前，璀璨綻放。

在保母羅阿姨家，和大姊姊同玩耍，妳是受寵的安琪兒。

瞧瞧這張，兩歲的妳，嬉戲門庭，多鮮嫩的小肉妞，真想咬一口！

暑夏，兄妹倆在溪邊抓螃蟹。你們可是媽媽今生的焦點。

媽媽用雲彩般的衣裳，妝扮妳的嬌小身軀。晨起為妳梳妝結辮，紮上各款髮飾，最佳模特兒，從來就是妳的專利。媽媽盼望了三十年，才重疊到一個自己，妳是不凋的心花。

天元莊遊樂場，小飛機上哥哥是最佳領航員。

三姑婚嫁那天，可愛的花童非妳莫屬。

北斗花園親子樂，樂無窮。

幼稚園放學回家。回眸一笑，傾國傾城。

四月天，風和日麗，荷花女兒在媽媽鼻尖深情一吻，感動評審。就是這張照片，贏得北斗高中師生攝影特別獎。

我們同遊佳洛水、墾丁、小琉球。記得嗎？

五歲那年母親節，妳穿著紅色蛋糕裙，參加哥哥學校的運動會。

母女倆在惠蓀林場，凝眸而笑。

小小的妳背起背包，踽踽獨行。難道那時候就註定妳遠行的宿命？從此媽媽化做向日葵，追逐太陽的方向。

妳隨同爸爸搬離小鎮，印著淚痕的相思，氾濫成災。別離前夕，特地和外婆、媽媽、哥哥照下這張「全家福」，嘴角揚起淺淺笑容，多想勾住一角幸福。

我們模仿當年流行歌手李恕權的招牌動作，這個pose可是哥哥的最愛。好迷醉妳的演奏會。台上妳盡情吹奏，台下媽媽全神聆聽，渾然交融，妳是我的心魂。荷花女兒長大了，巧手梳妝，不假他人，造型多端，允古宜今，髮飾耳環，精緻高雅，每次見到妳，媽媽都情不自禁用欣賞藝術品的眼光端詳讚美。啊，這就是我的荷花女兒！

纖纖素手，恁不彈箏撫琴也迷人。可還記得華岡「煙囪咖啡館」裡留下的特寫鏡頭？妳不再是襁褓中的嬰兒，大學、研究所，為理想振翅高飛。

隨著歲月，荷花女兒越發成熟美麗，媽媽卻在時間的長河裡白了頭髮，添了皺紋，幫妳紮辮子的手抖了，看信件的眼花了，病痛無時不在叩門。趁還來得及，媽媽把兩百多張，珍藏了二十多年的照片，配上美麗的荷花圖片、黃安源的胡琴聲，還有媽媽的這篇文章，勉力學習，笨拙的使用現代科技，以ＶＣＤ呈現，送給妳做新婚賀禮，別緻有意義，想來妳定能體會媽媽的深情。

輕輕告訴妳：荷花女兒，妳的童年縱然有絲烏雲飄過，媽媽仍用愛心、用相機，極力為妳撐開一角歡笑，未曾留白。終究妳將明白，在成長的背後，媽媽從來沒有缺席，從來從來沒有！

年底妳即將步入婚姻神聖的殿堂，隨即遠赴重洋定居，媽媽縱有萬般不捨，也為妳得配良緣而祝福欣慰。藍天白雲，天寬地闊，勇敢的飛吧！媽媽早學會自己取暖，妳就抓緊幸福和理想，伴隨心愛的人翱翔吧！

我已衰老，無論老到什麼程度，請妳相信媽媽對妳的愛亙古不變，隨時都想恰到好處的愛妳，不使受傷。只要一息尚存，媽媽會永遠等妳，哪怕一封信、一通電話、一張照片，請務必讓我等到。

總有一天，媽媽會在某個站牌下車，妳再也無法尋覓，年輕的妳或許不能體會，仍舊開心的繼續妳的旅程，但是妳永遠走不出媽媽的牽掛和不捨。

感恩蒼天，讓我們曾經相偎相依，走過一段美好人生路。

摘一朵雲花

說什麼也捨不得讓小荷花剪頭髮，留啊留，三年了，稀稀黃黃的柔髮，終於長到可以梳妝打扮。

早上小荷花在「天亮了，天亮了，公雞正在叫……」的歌聲中醒來，洗把臉，喝了牛奶，坐在前院的矮凳，我在她背後拿起尖尾梳變魔法。小荷花是從來沒有耐心坐上一分鐘的，腦袋瓜扭來扭去，一會兒要看看地上有沒有螞蟻打架，一會兒縮脖子歪嘴巴喊痛；再不，門前有個影子晃動，就嚷著說朋友來找我，我要出去。想盡辦法掙脫。

小小荷花哪能體會「愛美就要先受苦」的道理？憐疼她，遞根棒棒糖賄賂，還是糊糊含含的問：好了沒？好了沒？小屁屁在凳子上蹭來磨去。

飛快幫她綰好糾糾，有時候也扭織髮辮，再繞縛綵帶。蝴蝶結隨著小蹄膀、小藕臂跑跳，在頭上飛呀飛的。前世的情人啊，我無法移轉今生的眼眸。

「誰是媽媽的乖寶貝？」

「是小荷花。」

說完，把個粉妝玉琢，深埋在我的花裙裏，化不開奶香。

小荷花愛漂亮，我的項鍊耳環都想戴，還預約高跟鞋：「等我長大了要給我穿唷！」臨出門，大人大氣的說：「我還沒化妝好耶！」

有女兒真好，心中天天開出花朵來，一回眸，也看見自己的童年，有溜濛濛甜甜的美。

從來沒見過外公，小荷花每次回外婆家，卻會在外公遺像前雙手合十，拜上幾拜，唸唸有詞。仔細聽，都是平日教她的，要外公保佑小荷花快快長大，做個好孩子。怪不得外婆常誇她孝順，連問外婆什麼時候死，都不忌諱。

原來三歲的小荷花，看上外婆的紅寶石戒指，不停摳呀摳，外婆哄她，等婆死了就給妳。

小小荷花，哪懂得死亡的悲悽與契闊，還以為像到隔壁找玩伴一樣有趣。

小荷花純真多夢，未來的道路既長又遠，人生際遇險夷未卜，我憂慮外面的風霜會在小心靈留下傷口，哪怕是淺淺一道，哪怕是終會淡去。我濃密的關愛更深，祈禱更勤，願歲月伯伯每個腳步，都帶給小荷花平安歡笑，直到永遠。

不幾年小荷花長大了，遠離我一直伸在那等待的雙手，到遙遠的國度，用自己的姿勢飛翔，用自己的巧手挽髻橫簪。獨立、自信、美麗的海鷗，遠方才是她的理想。

明知道再也喚不回東風，我猶織縷著不滅的夢土，守到歲月昏黃。想念的時候，撫著電腦上冰冷的花顏凝望，而凝望是宿命的老酒，飲盡這一罎，去日無怨，來日無悔。也摘一朵雲花輕輕吹送，請她飛過海洋，翻過山巔嵐煙，捎個祝福給我的荷花女兒，願伊人年華明麗，豐美一生。

街角　看見花開

二〇〇四年入秋後，女兒考上盡是相思樹的東海大學音樂研究所，闊別多年，念力終於將我們母女拉近，這段日子，我們每個月相聚一次。歡笑曾經死過，如今復活，我死命也要握緊這最美的歲月。

十二月，大度山不顧一切寒涼下來，我們約在最有氣質的藝術街見面，仍是街角。特意早到，好讓足履重疊上個季節，和女兒踩在石板路上的聲響。等女兒，心中滿是溫柔回憶。

沿坡而上，再度進入那間有民族風的飾品店，彷彿走進自己的內心，手染輕衫，古玩畫扇，無不醉心。

買下兩隻木雕貓兒，一棕一黑，回家後好並放在書桌前伴我讀寫。女兒愛貓，貓兒也擄獲媽媽的愛憐。

抬起左腕瞄一下時間。甜蜜等待。

慢慢上坡，又打那間作家開的餐廳前走過。曾經和女兒在這裡點了精緻套餐，母女倆融在靜謐的天地，屋裡飄散著書香與女兒的甜美，寶藍珥飾在面前微醺。

再經過以「水」為名的茶堂，堂裡堂外滿是幸福的享茶人。我且歇歇腿。竹下啜茗，香新舌甘，餘韻雋永。

對面即是充滿玉石風情的小店，樸拙的米色石門，透著斑駁色彩。再度光臨，只為重偎和女兒佇立過的櫥窗，只為再觸撫那一顆顆溫存過的黃虎眼石。刨光過的它們，色澤熠熠，向我眨眼問候：「別來無恙嗎？」

再瞄一下腕錶。甘願等待。

緩步走出店口。並非故做優雅，而是膝蓋疼痛使我舉步維艱。心靈卻飛揚，日裡夢裡的女兒即將真實現身。

拉緊衣領蹣跚下坡，石板路一寸一寸縮短；殘葉一捲一捲翻飛，直到街角。流霞向晚，天光已暗，坐在街角等待。

等待催人老。

戴安全帽口罩的騎士，似水如龍馳過街心，都是錯誤的過客。我能靈敏感應包裹在全副武裝下的吾愛。

一位騎士從長路那頭直駛而來，眼神立刻振奮。漂亮轉彎、停靠，卸下裝備迴身，甩著飄逸，銀牙似的耳墜，在微暗的天色中閃出幽光，是街角最美的一景。

女兒嫣然走近，娉婷如荷，四季不凋的心荷。

我們一前一後踩在晚風裡，她飛揚的裙襬，在前方畫了一個圓，我不在裡面。兩個小時後，女兒又將離去，她的幸福在不知名的遠方，媽媽是熟悉的陌生人，而等待，是她的另一個名字。

眼睛，眼睛，說好了不要下雨的。

媽媽的私房菜

荷花年底要遠嫁美國，這些日子勉強收拾起不捨，思忖著傳授幾招私房菜給她，到了美國，好在公婆及丈夫面前露一手，博他們歡心。

笨拙如我，沒有巧手，燒不出大菜，退休後學過幾道東西南北味，偶而上館子嚐嚐大師手藝，再把昔日媽媽做過的菜，從腦海中端出來回味，漸漸有些心得。當然還是上不了檯面，如果傳給女兒，在自家人面前秀秀，倒還有這個膽子。

荷花自幼和我分離，與她父親在另個縣市居住，最近較常到台中來上美語課，難得有機會相聚，我急於用家常菜，讓她記憶幼年時美好的滋味，串聯過去和現在的情感。

把剛做好的粉蒸肉、咖哩南瓜，盛在保溫鍋裏，早半個小時，提著去上課地點的樓下等她。

蒸肉用蕃薯墊底；咖哩煨南瓜，都是養生的健康食材。

坐在85℃咖啡店的籐椅上，復興路人潮撼動，熱氣在臉上滾過，等待修飾亭勻的女兒出現。

總是在約定時間過後，才見姍姍倩影。話不多，朱唇啟動的頻率，遠不及金色耳墜的晃動。

娓娓說明今天這道菜的做法，女兒抿抿嘴說，太麻煩了。我不死心：

「以後e-mail給妳吧？妹妹，學學嘛！有句話說：要抓住男人的心，先抓住他的胃。」

女兒默默咬著下唇。只要一抹眼神相遇，做死也甘願。

某個約會的日子，心悸又犯，忙吞了藥，提起梅干扣肉搭公車赴約，仍坐在85℃的廊下等待，品嚐孤獨與熱鬧。

女兒來了，又走了，背影，是我心的方向。

再下一次蒸了蘿蔔糕帶去。

「蘿蔔要新鮮多汁的，可用果汁機打成泥狀……。紅蔥頭、肉末爆香……。十人份的內鍋，六百公克在來米粉，九分滿的水……。」

女兒垂下睫毛，淡綠色眼影向眼角飛去。我兀自興奮比劃：

「只要有電鍋，有在來米粉，一切就搞定！」

彷彿看見一群思鄉的留學生，沾著豆油膏，圍在桌邊，嘖著舌頭發出讚歎：好好吃喔，有媽媽的味道。廚房平底鍋中，長方形的蘿蔔糕滋滋作響，飄散焦香。

「今天上課好累！」

突然女兒換個姿勢，話裡透出倦意。

我長長哦了一聲，有點憂傷。

做菜只是媽媽驅趕寂寞和思念的方式，女兒自有她的綺麗世界。

天黑了，在鬧街沒有花香鳥語的一隅，我仍這麼坐著，不願離去。

或許女兒愛吃魚？下次換道紅燒鯽魚吧。

含笑擁夢

荷花周歲那年，他的心又迷失在一隻彩蝶懷裡，忘了返家的路。我賭氣回娘家，不是要脅，不求承諾，只不願再待在那個沒有陽光的冷宮。不知他用什麼方式說服娱姆，竟答應將荷花藏匿。

「要見她是嗎？四十年後吧！」

尋夢的路就此啟程。

除了託人打探，也將焦慮憂心寫成小詩附了相片，登在雜誌上尋人。幾星期後，終於找到娱姆位在新竹山區的娘家，一把摟住荷花，再也不願鬆手。臂膀裡的笑容如此純真，不知媽媽為了尋找愛女，早已血淚交迸，翻遍千山。

下一次他換了地方藏匿，是想破頭也猜不到的，他的朋友的姊姊家。

兩年後，又出現新的入侵者，熊熊烈焰，頃刻燎遍他的肉身，無法回頭。

稚嫩荷花，多次從身邊消失，幽幽心魂，隨著尋夢的腳步，漂泊驛站。

或為了享樂，或為了工作，他們只要高興，隨意把荷花交給旁人，同事、朋友、級任老師家中，都有她茫然的孤影。像物件，任憑寄收；也像油麻菜籽，隨風飄落，而他們決定風的方向。

荷花漸漸長大，相聚相依仍是奢夢，不能妄求，我利用教課之餘到教室看她。

美勞課，老師開恩讓我坐在她身邊，看她畫畫黏貼勞作。調色彩、遞剪刀，我樂當書僮。

下課鐘響，將採集的狗尾草從大包包取出，玩丟擲遊戲。小勇士們中箭、拔箭、射箭，身手矯健，驍勇善鬥，好個作育英才的教室，竟淪為殺戮戰場。

快速拔一根拋向荷花的白衫，瞬間貼附，任憑叫跳舞動，抖落不掉強力黏著的母愛。

我故意中荷花一箭，誇張哀嚎，如馬戲團裡的丑角，只為博女兒展現笑靨。

粉臉紅咚咚，童年不知愁。

鐘聲又響，趕在老師踏入教室前收拾戈矛殘局，匆忙隱身到室外廊柱邊，隔道窗，母女倆用手勢、用眼神、用嘴形，訂好另個盟約。

還是被發現。那女人放話說：「想看她是嗎？我讓妳『抬』回去看！」；他半路攔截，飛車追逐，驚險萬狀。

可是，不到學校見不著女兒。放學也許不易察覺吧！我換個時段。停好49ｃｃ小天使，正趕上孩子們魚貫離校。

背起她小一就沉重的書包，牽手沿著校牆磨磨蹭蹭。過此，有片金黃稻田，稻田那端即是殷殷相送的盡頭。秋聲在腳下碎裂。

站在埂邊，目送白衣藍裙的嬌小身軀，穿越馬路走近那幢禁區。荷花轉身稚笑，口中尚噙著我剛放入的甜梅，含渾道再見。

稻浪碎花花，心痛如裂。擦乾淚水告訴自己，今天過了還有明天，我們終將團聚！

險境中取暖，是母女倆的祕密，以為神鬼不知，直到荷花怯怯拉住我衣角：「『她』都牽隻大狗在門口走來走去，很可怕耶！」才猛然覺醒，竟又忽略她的安危。相送情只得劃下哀怨的休止符。

十二歲之前的荷花是漂泊的，國中三年住校反倒安定。從小成長環境特殊，她早就練成一身獨立，揪心的是，自幼失去母愛呵護，心理人格是否會有所偏差？

三年書信往返，字字愛憐，語語叮嚀，聲聲呼喚，用信柬搭起心橋，輸送暖意。荷花常來信，看似開朗平和，卻避談心事，親情鎖在銹蝕的暗箱，就算給了鑰匙也無法開啟。

媽媽仍是個遙遠陌生的名詞，記憶有待加溫。好在荷花學音樂，常有演出機會，只要告知時間地點，百里奔騰是我今生的宿命。

音樂會在晚間舉行，下午先排演。媽媽輾轉場外，來回踱步，頻頻看錶，好不容易熬到休息時間。

冒了幾顆痘子。又長高了。皮膚更白皙了。短髮又俏麗了幾分。目光游移不捨。臉龐神韻身形，都有媽媽的影子，我的血液，在我荷花女兒的體內悄悄蜿蜒。

荷花有點矜持，媽媽也不敢多言，即將滑落的淚水硬逼它倒流。輕喚小名，多想抱抱她摸摸她，卻只能談升學，問健康，下一站在哪公演。

夜幕低垂，舞台上管絃齊鳴，我癡心凝望。此刻絕沒有人來和我搶奪，可以用整顆心，毫無忌憚的擁女兒入懷，可以用眼，盡情觸撫那眉眼鼻唇，肌膚秀髮。老天，原諒我貪婪，此刻請讓我獨享，不能再待來生。

九十分鐘後，掌聲、安可、獻花、謝幕，再相逢又是另一場期待與追逐。

尋夢是條不歸路，中了千年蠱惑，找不到解藥。

歲月悠悠翻過，荷花的倩影，仍在前方若隱若現，我執著踩踏著不悔的信念，堅定前行，但願我在花落葉枯，無常到來之前，能含笑擁夢入眠。

荷田

先後在兩座城市三個住家，構築花園美景，一鏟一鋤，挖掘銹蝕心靈，填補生命虛空。到底是愛花還是戀人？或是想透過花相，啟迪浩瀚哲思，而忘情於世間？欲辯已忘言。

鐵鏟泥土中，花葉枯榮，生命起滅，青絲翻滾添霜。一花一世界，一葉一如來的境界，鑽之彌堅，仰之彌高，參不透空明。

從無人知曉，在塵世空相外，我深植一畝荷田在心間。荷花，在心湖的漣漪中，盪成一幅優雅而永恆的畫作，在水一方，朦朧神祕，瞻之在前，忽焉在後。她清麗絕倫，遺世獨立，不食人間煙火，不沾人事情欲。

高攀不得，遂在飾物上一親芳澤：手染裙衫、牆上丹青、案頭陶藝、手中杯皿，眼裡夢裡，牽牽絆絆，無不是荷影。她是我前世的情人，在轉世的瞬間忘了曾許的諾言，註定今生要追逐與守候。

愛她冰清玉潔，出污泥不染；憐她半身泥淖，墮紅塵難自拔。她綜合了美麗與哀愁，帶給我歡笑和淚水，一縷心魂只繫伊人，無法救贖。

脫俗孤高，是荷花的宿命，因為舉世皆濁她獨清，凡人只能將其供養在心湖，虔誠膜拜，遠觀不得近褻。謹以心香一束禱祝，唯願年年歲歲有荷花，朝朝暮暮共此時。

別問我今生何時才能夢醒，也別告訴我，我的荷田，只是虛幻的桃源。且許我一個未來，終有一天迷霧頓開，前塵誓約斑斑上心，仙子走出荷池，與凡間邂逅，了卻一段塵緣。

全家福

一九八三年，家徹底的毀了，無片瓦遮風擋雨，唯有帶著孩子投奔娘家，藍波十歲，荷花四歲。有老媽媽相依，有兒女承歡眼前，不必再掛心那個浪蕩子，夜間睡得香甜，即便粗茶淡飯，頰上膀子上竟凝出少婦的豐腴。隔年，荷花將被她父親帶走的前夕，我們到照相館拍了張全家福。山雨欲來，孩子們隱約感到不安，兩個大人心在淌血，照片上都掛著淺淺的笑，那是假象，真正的

苦難從這一刻正式輾壓過來。

荷花離得不遠，就在隔壁鎮，但是見面很難，他們有一百個理由阻撓。我整日幻想，幻想有件隱形斗篷披罩上身，就能毫無障礙的見到女兒。

可以蹲在椅子旁，看她讀書寫字、唱遊做美勞。

可以到她住的地方，跟著她吃飯上廁所，在她小小的床邊凝視。

可以陪她長大辦嫁妝，親自送她穿上白紗出閣，不錯過任何一個成長階段。

他們出門去了，荷花被寄放在朋友同事家，可以默默的守護在身旁，不使她感到孤單膽怯。

那個女人動手掐捏荷花的小臉的時候、棍棒瘋狂打在荷花每一吋肌膚上的時候，可以拼死拚命的護衛。

然而真實人生中，隱形斗篷是個神話；我什麼也沒做，還懦弱的寬恕了那兩個人。把個家搞得四分五裂後，他們竟說玩完了，散了！

荷花認為我去學校看她，導致同學知道她有「兩個媽媽」，傷了自尊；也或許埋怨當初我沒帶她一起走，從此刻意疏淡。一直帶在身邊，視為精神堡壘的藍波，誤會我只愛妹妹冷落了他，怨恨於心，在我面前始終冷峻寡言。

婚姻的受害者，卻必須承受莫須有的罪名，情何以堪！

往後這些年，遇到很多扶持我走過谷底的貴人，擁有更多我愛及愛我的朋友，每天我微笑謝恩，然而只要想起兒女，所有用矜持和堅強高築的堤防，瞬間崩潰。上天曾經給過我一個健壯的藍波，一朵美麗的荷花，如今全遺落在遙遠的殘夢。今生的緣分要看前世種了多少福田。越老越宿命。

分隔兩地的兒女逐年長大，我問藍波，希望將來全家還能團圓嗎？他不置可否，淡淡拋下一句：隨緣。荷花鄙夷冷笑：不必！兩個孩子都指天誓地，是父母毀了他們終生。

二十六年後的清明節，荷花從美國歸

來，全家福裡添了媳婦和女婿，我深愛的家族成員。思念是把無情劍，蝕骨剜肉，我早已不復當年。八十八歲，失智的老媽媽，紅眶泛淚，盯住荷花的臉不轉睛，她認得她！如同智力再怎麼退化，都永遠永遠認得我一樣。

荷花回來了，我張開雙臂，擁抱的是一陣風。又走了，不敢問下一站我的幸福在哪裡。

藍波在某個中秋夜後選擇消失，實踐他多年前的計畫。

有些人一旦離開，再也無法歸隊。

歲月堪驚。

我要的不多，也很平凡，只希望全家福裡什麼人都不缺，什麼遺憾都沒發生。

時光漫過

家

銀幕上，千年樹妖殷紅的長舌伸捲翻騰，頓時勾魂懾魄，怵然驚悚，觀眾掩耳閉目，仍躲不過嘎嘎怪笑聲。

媽媽目不轉睛盯著七彩瑰麗的布幕，不理會我想回家的哀求。我決定擅自逃離現場，就算回不了家，也要走在回家的路上。

回家的路可能會遇上歹徒，還要狂奔過大片黑壓壓的荒塚，和暗無天光的竹林，這裡連白天都人蹤罕至，而一個十三歲的女生要隻身穿越。

林梢擺盪，鬼影幢幢，儘管兩腿發軟，心臟幾乎衝口而出，回家的渴望依舊佔滿全身。我堅信家是最安全有效的符咒，足以將小倩黑魅般的長髮擋在門外。

第一次發現對家的感情這般執著無畏，是那種縱然倒臥塵土，也要匍匐尋找回家的燈火的人。

小女生長大了，懷著憧憬構築愛的小屋。

不順心的時候也曾興起出走的念頭，總是在包包尚未收拾妥當前，找一個合理的藉口留下。有次真的蹺家，第二天卻沒出息的回轉家門，因為離家更失意寂寥。

在家，有女兒當抱枕，兒子當靠枕，溫馨甜蜜。在家，有種心遠地自偏的寧靜，能清理傷口，療養身心。家，可以打鼾，可以裸體，可以放浪的笑，盡情的哭。家，可以打點行裝遠航，可以倦遊歸來仰躺而眠。哪裡有如此包容隨性的庇護所？

戀家的女人，竟也失去了家。

那年春節，同事競邀圍爐，理由只一個，妳沒有「家」嘛！

有人硬將壞事栽贓，理由也只一個，誰會無聊到做這種事？當然是沒有「家」的人。

原來，沒有丈夫等同失去一個家，而沒有家的女人令人同情，也任人踐踏。

多少年來一直重複這樣的夢境：

抱著女兒回家，翻遍口袋卻找不到進門的鑰匙，心頭慌亂無比。一眨眼，女兒也自臂膀消失無蹤。

四處焦急向人尋問，可曾看見我五歲的兒子？他走失了！我在公園找，在溝渠翻，十指冒出血來。突然瞥見手中牽的不正是兒子嗎？大喜！我們回家吧！可鑰匙呢？鑰匙呢？

被自己的淚驚醒，喉頭哽咽乾絞，那痛，搆不到底。

也許失去那個家炸得我靈肉散裂，才頻頻驚夢。
也許壓根兒不願離開那個家，才會在夢中一再回去。
也許潛意識裡明白那個家早已回不去，才一再將鑰匙遺落於夢中。
也許我藉由無數個返家的夢來治療傷痛，一切愛憎，才都以家的形式顯現。
多想回到從前那個家的岔口修補遺憾，即使內心有大片結痂的創口，也願求得表面完整。或許兒子不致對未來疑懼不確定轉生出暗恨，女兒也不致在人間無盡流浪，遠走陌生的國度隱藏自己。

從來不捨的就是這兩坨骨血。

面對破碎是種殘酷，這一生，無論用多少血淚，都無法喚回從前的家園。多渴望歲月淘篩心酸的淚水，艱辛的往事只如飄身而過的落葉，分離不曾將我們打敗，而是換一種深刻的形式教會我們相思。

回首燈火闌珊處，歡笑幽怨全是組成家的音符。是嗎？是嗎？

北窗心香

愛上層樓

自從一九八七年搬到台中，就越住越高。起初住三樓，後來六樓，現在則是九樓。日暮鄉關何處是？樓層再高也無法望鄉。其實都是宇宙過客，也不必在乎故鄉在哪，住過的地方，都有濃濃甜甜的渴望和回憶，如今在台中已然落腳生根，此地即是鄉。

愛在北窗邊閱讀寫字，品茗賞花，遙想前塵今事，悄悄將心事交給旅行的溪水，希望它在人間晚晴，彈起生命琴音。

更愛晴空萬里的日子爬上頂樓，就著天光上下遠近眺望，青山如黛，溪流泛綠。西邊的大度山上有女兒執著美麗的倩影；北方的社區有兒媳打造的溫馨家園。咫尺天涯，天涯咫呎，都是無悔的牽絆。

樓高風急，雲闊心遠，情長意綿。
愛上層樓，愛上層樓。

一片冰心

白玉小壺，靜靜在咖啡色木質方几上享受陽光，北窗下格外潔淨光燦。一面繪了山水圖案，一面鐫刻了「龍泉茶」幾個字樣，每日晨昏，坐在窗下品茗，望著它遐想。

畫中山青水悠，茅亭小舟，適於隱居，那是多少都會人的桃源。我乃俗人一個，如何能在那個境界清修？只好蝸居城市一隅，自嘲是大隱隱於市。

壺裏不盛茶水，倒養了一株綠色植栽，花農說是荷果芋。荷，不正是女兒在心中的名字嗎？忙忙買下。

後來又遇見另位花農，他堅持說是合果芋，合作的合。然而已無法改變執著，荷，在心田生了根。

玉壺前些年一直存封高閣，今年在台中新居才見天日。搬遷多次，輾轉中，多少身外物都割捨拋棄，玉壺則長相左右。它是維雄弟多年前從龍潭帶回來的遺物，睹物思人，親情難再，倍覺感傷。

一把小壺多種情思，被懷想的人兒，知也不知？

兩相依

臥室轉角處放了只木製書架，寬一尺，高也不過二尺餘，是兒子國中工藝課的作品。原是木色，後來漆成乳白，雅潔小巧，美觀實用。想兒子的時候看看書架，看書架的時候想兒子。

女兒愛貓兒，在學校宿舍養了隻流浪兒「黑寶」，一直無緣見到，遂在藝術街買了兩隻木貓兒回來餵相思，愛女兒的所愛。想女兒的時候看看貓兒，看貓兒的時候想女兒。

黑貓兒矜持端莊，黃貓兒慧黠可愛，並坐依偎書架上，我當他們是兄妹。

安靜的角落，駐留媽媽深情的眼眸，暖意無限。

兒子十歲那年，隨媽媽回到外婆家；女兒四歲，與爸爸遷居於陌生小鎮。天地缺角，永遠是心頭移不開的黑雲。

多少個湧淚的日子，媽媽渴望重溫與兒女擁衾說故事的夜晚，誰能了卻蝕骨的相思？

小兄妹重逢待何年？再聚首恐是音容難辨，相認無憑。特地買回兩條串了紅繩的銅質項鍊，正反兩面鐫有奇特的文字，據說是平安吉祥的祝福語。

親手為兒女配帶，叮嚀他們不離不棄。女兒到了「那邊」，被誤認是下了咒語的符籙，當場扯下扔掉。兒子那條，久之也不知遺落何方。就這樣，兄妹間悲情的憑據，隨風而逝。

小生命在洪濤逆流中浮沉，逐漸茁壯，幸而重逢沒有想像中的艱難，只是流著相同的血液，卻各有各的遭遇，也從不同的角度詮釋人生。兒子艱忍性情，把心思藏得很深很深；女兒堅持理想，奮發精進，一意遠離傷心地。都各自帶了傷痛，到沒有干擾的地方去結痂，不知何時才能走出上一代婚姻不諧的陰影。

童年無價，小兒女本有權利盡情奔跑哭笑做夢，豈料變故陡起，一個少了爸爸庇蔭，一個失去媽媽呵護，兒歌唱得悲怨辛酸。如果能重新來過，媽媽願意獨自將苦澀毫不猶豫飲盡，縱使粉身碎骨也要還兒女一個陽光童年。心如磐石堅，蒼天實可鑑。

人性複雜軟弱，禁不起考驗，要時時警覺，勿陷泥淖。

個性決定命運，不要凡事諉諸天命，而不努力改正行為。

人生多變，只要稟持善念，在每一個轉折處沉著虛心，柔軟處理，必能化危機為轉機，踏出漂亮的下一步。

這些叮嚀看似老生常談，其實是媽媽的經驗結晶。

走過的路斷如灰燼，人生不能重來，媽媽殷鑑不遠，盼能為兒女點亮一盞心燈，照亮前路，不再跌撞而行。

我已老，終將凋零，兄妹倆是世上唯一的同胞手足，盼攜手前進，扶持到老，萬勿獨行。

前世種了因，今生來結緣，要結個好緣，然後才歡喜甘心，趁願再來。

書架上的貓兒點頭微笑，彷彿在輕輕告訴媽媽：我們共同演出悲欣交集的人生，正是一趟豐富之旅，無怨無悔。雖然劇本曲折起伏，正因淒楚才更動人心弦。我們都承襲了媽媽的善良多情，會檢視走過的足跡，累積經驗，記取教訓，頓悟智慧，走出冰山，遠離創痛。此刻我們正從不同的岔口往回家的路走，必將交會在美麗的暈燈下，圓滿的答案正等著我們哪！

空中音緣

一向惜物念舊，家裡至今珍藏著四五十年前，媽媽盛菜用過的瓷盤；一疊藍波寫給我的信件，分別在他九歲、十九歲；荷花四歲戴過的手套、七歲美術課時畫的媽媽圖像；家族煙黃的照片；斑駁的巧克力盒子；不堪回憶的法國號鬧鐘；還有一台SONY收音機，至今仍在空中飄盪著迷人的低語和動人的旋律，彷彿近四十年來時光未曾移轉。

沒有電視的童年，對媽媽床頭那台會發出聲音的長方形黑盒子充滿好奇，我忽快忽慢的扭轉它，和裡面吱吱喳喳的怪聲玩起遊戲，樂此不疲。

少女時期，聽白銀播報新聞、包國良的綜藝歌唱節目，是同儕間的話題；和媽媽同時愛上崔小萍製作的廣播劇，隨著空中的聲容悲喜，彷如親見。

大學住校，早晨經常在室友收音機裡的二胡琴音中悠悠醒轉，不知為什麼，總勾起莫名的情愫，酸甜鏤心，泫然欲淚。

婚後若干年，買了這台昂貴的原裝SONY，不久懷了荷花女兒。害喜嚴重，一天嘔吐十多次，纏綿病榻三四個月，靠著打點滴維持兩條人命。屋宇空盪，它是唯一的慰藉，摻揉了荒涼與幸福。

老式收音機上端有根天線，荷花女兒一歲多時不小心折斷，重換過的比原先的小一號，功能正常，收聽節目或播放〈小鹿斑比〉、〈天鵝湖〉等音樂帶，依然悅耳圓潤。

轉眼，荷花女兒結婚赴美，多年不見，我常坐下來凝視收音機上的斷痕，許久許久。我真的曾經擁有過一個美麗的女兒嗎？將來會不會像鄰居媽媽那樣，連臨終都見不著女兒一面？心愛的人，稍碰就成灰燼，用生命全力護衛還是失去，不得不承認那是命，只有思念的份。

無論歡喜憂傷，我都愛聽收音機，音樂的、旅遊的、藝術的、生活的、智慧的，在空中傳送，祈求點化我心，淨化我靈。

做家事有收音機陪伴；喝茶，或靠著床頭閱讀，它從裡邊流瀉出人聲樂音，溫暖周邊；許多夜夢中聽著佛音，心眉隨之舒展。

在iPad、iPhone盛行的年代，我仍然守著古老的空中悅音，心裡耳裡飄拂著依戀不捨。

親情比酒濃

小時候家中常有自製的甜酒喝，爸媽叫它「醪糟兒」，是四川話。釀酒是大人的事，我只管享用。步入中年後，爸爸早已不在，媽媽也老去，當年他們忙碌的背影，如潮水般在腦海迴盪，甜蜜的童年往事，時而清晰，時而模糊，總在不經意的回神中跳出。

依稀記得，爸媽先浸泡糯米再蒸熟、冷卻，加了酒麴和好後，就用被褥把它緊緊摀住，放在衣櫃。不知過了幾天，甜甜濃濃的酒氣從被子裡溢出來，整個屋子瀰漫在醉人的芬郁中，我就知道，早餐桌上肯定有酒釀蛋吃。

薄薄的酒味，甜甜的湯頭，嫩嫩的荷包蛋，碗上漂浮著白白的米粒，和一絲黃黃的蛋汁，那種鮮美與滋補真是凡間少有。

爸媽用調羹舀起送入口中，心裡想著老家娘親的手藝，吞嚥的酒香早化為無淚的酸楚。那個年代，很多家鄉味都是從記憶的匣子裡慢慢醞釀取出來的，一點一點回想，一塊一塊拼湊，再一步一步實習操作。親情聚散，顛沛苦甜，都在齒頰間暈染擴散。

年節時候，桌上偶見桂圓和烏梅酒，大人小孩面前各一小杯，甜中帶點辣嗆，刺激好玩。爸爸不擅飲，淺酌即止；媽媽倒從不忸怩，但很節制。承爸媽開明，我們家的兒女都被允許喝點小酒。

弟弟有次不知醪糟兒後勁強，背著大人灌了幾杯，醉得臥床不起，還打呼呢！那時候他才小學低年級。

據說我小時候有點酒量，不知怎地，行年愈長愈不勝酒力，偶而為了健康小飲半杯葡萄酒，就頭重心悸，美酒變苦酒。倒是頗欣賞有才情，酒品又好的人，微醺之際，笑談風月，縱論天下事，豪邁中不失書生瀟灑，那份顧盼風采，最足傾心。

兒子都三十好幾，我只看過他喝兩次酒。有一年在公司聚餐喝多了，由媳婦接回來。通紅的臉頰上掛著歉意，歪在床頭，無力的任由我們為他褪去鞋襪，溫柔得像頭綿羊。靦腆上彎的唇形，一直停在憨直的面容上。酒品好到這樣，誰也不忍苛責他貪杯。

還有一次是過年。家中來了客人，兩杯下肚，平日惜口如金的兒子，竟然放鬆自在，侃侃而談，雖然離神采飛揚還有段距離，可我已經覺得遇見幸福了，真渴望此情天長地久。可惜從那以後，兒子凡酒都敬謝不敏，是怕酒後吐真言嗎？為娘的很惆悵。多希望有機會哄他且盡一杯酒，好讓我與談笑自若的兒子再重逢。

那年，一個散步詠涼天的晚上，和念研究所，難得偷閒的女兒踏月歸來，滿樓生春。我為她煮杯咖啡，並調了奶酒。女兒細細啜飲後說出心得：奶酒單飲更醇醪。此語一出，我為共同的喜好而感恩歎息，畢竟是母女啊！哪怕隔了萬重山。連酒窩都相同呢！

此後我常一人在夜裏口含奶酒，坐在北窗前想心事。瓊漿玉液烈而不嗆，熱而不灼，甜而不膩，慢慢滑下，慢慢滑下，滑下的還有我們母子仨用愛堆疊的快樂與痛苦。品嚐懷想的又豈只是酒香。

那晚女兒透露她有三瓶啤酒不醉的鮮事。不經意的口吻，在我眼前化為一道長長的驚歎號！

「我沒醉，清醒得很，只是講話有點遲鈍，第二天還一大早叫室友起床咧！」

我迅速在腦海搜尋她父族、母族的血統，到底得自哪邊的基因。

一段令人扼腕的婚姻，造成我們母女闊別多年，現在才有幸加入女兒的過去，老天！請多給我一點時間和機會。

夜深人靜，正是品酒好良宵。來來，孩子們，且斟一杯酒，你們隨意我乾杯，即或醉臥兒膝女懷，讓滴酒不沾的媳婦笑我酣態十足，也心甘情願！

等待

人的一生都在等待，等待盼望的人出現，等待冬天遠離，等待生命開始，等待故事結束。有時候我們等待別人，也被別人等待。等待中有滿足，也帶來失落。

媽媽從不耐等待。清明節或過年，弟弟因塞車無法準時到家，媽媽剛烈的脾氣必要火爆宣洩，盤子碗碟霹靂碎裂滿地，紗門摔得啪啪作響，我和藍波瑟縮在樓上，承受莫名驚恐。

七十六歲以前的媽媽，經常用燃燒的方式等待周圍的親人。

弟弟罹癌那年，悽然的等待死神攫奪，沒有眼淚的病容，一夜之間老了天地。

海峽對岸的哥姊等待終生，而爸爸的背影越走越遠，越模糊。

藍波小時候，希望早點長大，常焦慮的問我，時間為什麼過得這麼慢？為什麼不一月一號生他，好早點過生日？

荷花小一那年，從同學那「學會」以手腕的摺痕算命，說她十八歲「才能」結婚。

「已經很老了，要等很久耶！」她說。

等待歲月，對不解世事的孩子來說，是種漫長的負擔。

孩子長大後我開始等待，等待一封mail，等待一餐飯局，等待一雙回眸，等待一張全家福。電腦上很少有想要的訊息出現，餐桌上的星辰花無言乾枯，眉眼浸在憂傷的相思海，相框裏的人散在天涯海角。

沒有人要我等，等待的也未必能等到，因為愛，我依然在等，等待中學會平心靜氣，學會悅納包容，學會完成自我，學會等待下一次重逢。

曾經

那天整理老照片，一張張歡樂的笑容，在泛黃的歲月中躍然眼前。

高、初中同學的照片真有趣，端正青澀模樣的背面，一定有行期盼的墨跡：莫忘今宵、友誼長存、長憶影中人。熱情真摯，即使有些人往後沒能再見，仍然有好深好深的懷念。

大學畢業前夕，我和室友在校園和陽明山留下澄澈的青春，遲鴿小築、白雲山莊，夢幻似的建築，全都藏在小小的方格子，貯存今生最瑰麗的一頁。美麗的時光不會為誰停留，但是與美麗邂逅，永遠是最甜蜜的滋味。

教書那些年，和學生留下許多校內校外活動的倩影，和她們玩在一起，沒有尊卑，是贏得信任和愛戴的不二法門。畢了業，當年的師生，今日的姐妹、母女、朋友，情感可沒

有散場。聚會的時候，老照片、畢業紀念冊，滿場飛舞，如果沒有它，舊時人物可能只是一場模糊的夢。

仔細端詳大學一年級的暑假，我回到北斗，全家人在前院合影的那個午後。

我穿了件碎花無袖洋裝，和讀高中，身著卡其制服的弟弟，並肩站在後排，爸媽坐在前面的藤椅。爸爸的襯衫好潔白，媽媽洋裝上的條紋清晰可見。影像定格在她回眸微笑，凝視弟弟今朝容顏的剎那，彷彿要記住這一刻永恆。

爸爸眼底有股和煦，酒窩無比深圓。外人都說我和媽媽五官神似，看了這張舊照才知道，少女時代我豐腴的臉頰，和爸爸幾乎是同個模子。

這是最後一張全家福，當時每個家人都平安，死別都沒有癥兆，幸福得忘了故事是怎麼開始的？誰幫愉快的臉容按下快門的？只記得那是一個不再回來的夏日。

藍波唸小五那年的母親節，學校開運動會，我牽著穿了紅色蛋糕裙，胸前佩戴康乃馨的荷花去加油，照相機替我們留下濃濃的回憶。那次過後，藍波用漠然終結童年的聒噪黏膩，荷花被他父親帶走，只偶而出現在某個古月照今塵的夢裡。從此，母親節在我心底，只是個枯萎的忌日。

如今孩子都長大了，各有各的方向，亟欲撕開的每一片，都黏糊著我的血肉，生命中的痛點，刻寫著最親的人的名字。

世代不同了，我學年輕人，在手機上欣賞「曾經」，然而，還是喜歡握在手中，有溫潤真實感的照片，一次又一次回味追悼。

有些人遠遠的來，又遠遠的去，我對著他們的背影喊了一聲祝福，不知聽見沒有？

所有的故事都大致成形
流著淚記下的微笑
正迎向結局

第五章 人間晚晴

我的親密室友

我的聽覺敏銳，是那種「螞蟻走路都聽得見的人」，因此結婚前特地問他：「你會打鼾嗎？」

他說：「我在交通車上睡覺，沒聽過同事說我會打鼾。」我欣然解讀為不會打鼾。新婚之夜，他一會兒起床喝水、上廁所，一會兒調冷氣，總之，徹夜不眠。熬到第二天，碰到椅子立刻鼾聲大作，才知道他昨夜是因為怕打鼾而不敢睡。

幾個月後，在報上讀到一篇文章，大意是說，英國一位婦人，睡在打鼾的丈夫右側十年，左耳全聾了。我跳起來要求分房，從此展開我們經常串門的親密室友關係。

外子在南部生長、唸書、就業，講台灣國語是他的註冊商標，國台語交互使用當然更是家常便飯。

他會指著台中地圖，邊研究邊自語：「原來精武路可以直『趟』太平。」

出門買菜，計畫著要買一「架」雞。

「鴿」子「鍋」子分不清，「國」家「隔」壁共一音。

一天他接完電話，很得意的到房間告訴我：「銀行說我是『豬生的』，要給我升等。」

我愣了幾秒才頓悟，捧著肚子哀求：「拜託，不要這樣侮辱你媽媽好不好？」

他依然眉飛色舞，豎起大拇指指著胸膛：「我是『豬生的』！我是『豬生的』！」這下我可是倒在床上翻滾，笑到「花轟」。

他是「資深的」！

喜歡逛大賣場，原先說只要買盒雞蛋，回來總會提兩大袋食物和家用品，省去我許多購物的時間跟力氣。

會修馬桶水電，節省家用。

愛做菜，有創意，講究養生，兼具色香味。我常建議他去開餐館。

我在浴室，他三不五時躡手躡腳，把電燈開開關關，製造恐怖氣氛。

正要上床就寢，這位老兄把洗衣網罩在頭上跑進來說：「我發明最好的防蚊方法了！」

幾年前我們住高雄，他訂做一套西裝，過了幾天，我問他去試穿了沒？他說沒有，「我去廣州。」那家店在廣州街。

每樣搞笑事件，都換來一陣窮追猛打，他還是樂此不疲。這個古錐居家的男人，確實可以託付後半生。

家事分工合作，個性彼此閃避，興趣相互迎合，兩個老人，在歲月裡相濡以沫。我們各自穿過雷雨，在中年相遇，黃昏路上點燈做伴。

祐庭寶貝

祐庭七月初到雙語幼稚園試讀，我心疼他不滿三歲會適應不良，誰知生性活潑的他，在老師生動的教學方式，及有小朋友一起玩樂下，不但學會自己吃飯、上廁所、唱兒歌，還學了一些英文單字，回家嘰哩呱啦賣弄，逗得我們笑哈哈。晚上早早睡覺，為的是明天要去老師的「家」——學校。疑慮一掃而空。

記得小龍女生他的那天晚上，護士把紅嬰孩抱出來，我第一個奔上前去，卻不敢伸手，因為他奶奶盼孫可是盼了好久，這「第一次」的榮耀應該由她享受。後來終於輪到我抱，忍不住向其他在恢復室的媽媽及家屬們驕傲的宣布：「我當外婆了！」

女兒常帶祐庭回娘家，看著他會坐會爬，流口水長牙；擔心他頭髮少，會不會是個禿頭？擔心他食量大，會成為小胖子嗎？他笑，我也笑；他叫，我跟著叫；他哭，我可不能哭，得想盡辦法，心甘情願，裝瘋賣傻的取悅他。

這個小寶貝，醒著的時候沒有一秒鐘靜下來，越是驚險的地方和動作，他越是有興趣，而且所過之處滿目瘡痍，我和外子追著他忽而往東忽而往西，怕他絆倒撞著，還得收拾善後。晚飯過後送走他們，二老已經累得癱在床上。又緊張兮兮的上網查詢「過動兒」的資料，竟然癥狀大都符合，焦慮得在房間搓掌暴走，比當年養兒育女還要憂心。

記得還在襁褓中，看見陌生人或新鮮事物他每每大吼大叫，彷彿想發表意見，全家都以為他很快就會講話，其實不然，我們好擔心。快三歲的某一天，我在房間，他進來突然問我：「家婆，妳在做什麼？」我驚喜得蹲下身抱住他：「寶貝ㄟ，你可開金口囉？」

大雞慢啼，一啼不可收拾，從那以後，只見他凡事追著我們問：「這是什麼？」「為什麼？」整天下來，他外公被操得坐在沙發上，憂愁無奈的望著他求饒。

現在小寶貝已經三歲多，能安靜的玩積木、看童話書；會跳〈sorry sorry〉；喜歡招呼人；會背好幾首唐詩，不過老愛把王維〈相思〉中的「此物最相思」背成「此物最好吃」。

小嘴甜極了，看見電腦上的照片就說：「家婆好漂亮！」餵他吃飯，不忘甜言蜜語：「我愛妳。」諂媚的小子，將來不知要迷倒多少女孩。女婿說得努力賺錢，將來好幫這小子付遮羞費。呵呵呵。

小小龍女來報到

「是拌點醬汁?還是灑些蔥花薄鹽，大火快蒸五分鐘，八分熟好吃?或者什麼佐料都不放，就這麼先聞一聞，舔一舔，然後大口吞下肚?」面對這道粉嫩Q彈的大餐，我貪婪得口水直流。

以為我是老饕嗎?錯，她不是菜色。以為我是食人魔嗎?錯，我吃素。只因熟睡中的外孫女太玲瓏嬌柔，怕她被外面的風雨摧折，不知道怎麼寶貝才好，於是想吞入腹內，盡心守護。

女兒生肖屬蛇，我叫她「小龍女」，今年六月中旬，生下真正的龍女，於是我們家有了最最可愛的「小小龍女」。

本來女兒想自然分娩，誰知小小龍女太頑皮，在肚子裡面玩跳繩，一不小心，繩索在脖子上繞了三圈，小臉繃得紫漲，胎位又不正，醫師發覺事態嚴重，且已經足月，立刻採取剖腹。

出了手術室，醫師跟緊張焦慮的我們道賀：「恭喜，是位戴著三圈珍珠項鍊的貴夫人。」期待多年，小小龍女終於平安來報到。

女兒福氣好，頭胎是個膚色紅紅，頭好壯壯的男嬰；這胎是細白清秀的嬌嬌女。月子中心的媽媽們都來向女兒請教，懷孕時要吃什麼，小嬰仔才會生得這般水嫩？女兒得意的說：「我都喝紅茶。」嚇得圍觀的婆婆媽媽全部傻眼。其實，只要飲食正常，身心健康愉快，就能生個人見人愛的小貝比。

如今小小龍女已快滿七個月，近日我們正在討論，要添加什麼副食品，讓她飽足又營養，可以一瞑大一寸。

我為大外孫瘋了五年，迷他的舉手投足，童言童語，現在有了小外孫女，每次抱在懷裡，跟她「喔~喔~嗚~嗚~」的，火星語講不完，外子看了直搖頭說：「這個家婆，不知道又要瘋幾年。」

宋朝的習俗，在嬰兒出生的第三天或滿月時，會集親友，為新生兒舉辦洗浴儀式。蘇東坡就寫有〈洗兒詩〉：「人皆養子望聰明，我被聰明誤一生。但願生兒愚且魯，無災無難至公卿。」希望他第四個兒子蘇遯，不必太聰明，以免遭奸人迫害，並祝願他無災無難的當到公卿。

長輩為兒孫祈福的心意古今皆同，然而時代背景、個人遭遇有異，我的想法和東坡先生不太一樣。期盼小小龍女聰明伶俐，多讀好書，增長智慧，無災無難到百年；不需做大官，但務必要培養一個終生而且有意義的興趣，受用無窮呢。

小小龍女這班人生列車，滿載祝福，必然平安駛向未來。

幸福筆記

見到小龍女那年她才國二，短髮、嬌小、嘴甜、伶俐，鼻樑上架了一副框架超大的眼鏡，小麥般的膚色，和南部的陽光同樣金燦。她的母親在兩年前過世，沒有媽媽的孩子，尤其惹人憐愛。

會答應她父親的求婚，小龍女加分很多。如果上天要送一份禮物，彌補我前一段婚姻失去荷花女兒的痛楚，那麼，小龍女無疑是最佳恩賜。於是懷著感恩的心攬她入懷，成為我的女兒。

假日同遊吃美食，分享校園趣聞，穿同款式的休閒服……一切一切都那麼美好，我開始憧憬甜蜜的家居生活。然而理想與現實終究有些落差，小龍女青春迷糊兼迷惘，令她父親傷透腦筋，我更是戰戰兢兢，惶恐不安，深怕身教言教稍有差池，惹人非議。挫折不斷，但是我們從沒放棄對她的關懷和期待。

幸而小龍女安然渡過青澀，雙十年華後出落得膚白眼大，甜美可人，不僅如此，大學畢業，在工作上的表現也很稱職，令人刮目相看。不久覓得理想伴侶，展開新的人生階段，與公婆及七個小姑相處融洽，盡心持家，我們原先擔心她不能適應大家庭的疑慮，一掃而空，真是「女大十八變，臨上花轎還要變一變」。

婚後小龍女三天兩頭打電話回來噓寒問暖，或和我交換育兒、做家事的心得；回娘家，母女倆關上房門，窩在床頭悄悄耳語，比未嫁前還要親熱。嬌滴滴的女兒為人母後，蛻變為成熟的小婦人，「養兒方知父母恩」，多年來我們對她綿綿不絕的愛，彷彿一夕間都能貼心體會，有了回饋。

她懷孕期間，正值我五十肩與頸椎椎間盤突出，最受煎熬的日子。雖是如此，又生就一雙拙手，還是想替尚未出世的小外孫縫製一件百衲衣，希望他集百家之福，好養不嬌貴，而且長命百歲。

小龍女卻早早看上商店賣的，粉嫩漂亮的嬰兒服。說真的，現代車工精細，設計活潑可愛，任誰看了都愛不釋手。想想自己也沒這種本事，就在買來的小衣服領口，繡上紅色的卍字，求神佛庇佑小外孫平安成長，長大以後做個正直善良的人。

百衲衣的願望沒達成，倒是做了雙「百衲鞋」。

戴上老花眼鏡，一塊布一塊布的拼，一針一針的扎，配色、繡花、衲鞋底，粉紅色絲帶下端，還縫了個比一塊錢小的包布鈕扣。不用別人誇獎，自己就先得意的端詳半天。這雙大小不齊，針腳凌亂，可是全世界獨一無二，純手工打造的小鞋鞋，趕在小外孫出生前完工。

滿月那天，將小外孫暖暖的身軀貼在胸口，他的呼吸心跳與我相應，感動得溢出淚來。握著厚實柔嫩的腳丫，怎麼看怎麼愛，恨不得一口咬下，藏在肚內，永遠獨佔這份秀色。替他穿上鞋，繫好鞋帶，在心中禱祝：願小孫孫穿著家婆滿滿的愛，穩穩當當踏上成長路。

小外孫會坐了、會爬了、長牙了，屋宇充滿驚喜與歡笑。如今正在學步，來年春臨，科博館那片如茵草地上，就可看見我們祖孫三代追逐嬉鬧的身影。

一點心意

祐庭發音還不怎麼精準的時候，總「阿波、阿波」的呼喚我，現在四歲，雖然仍是童音濃重，已經能很清楚的發「家婆」的音。「家」要唸ㄍㄚ。

「為什麼要叫『家婆』而不是『外婆』？」每當人問起，我都用這個理由回答：

「因為我的祖籍是四川，四川人稱『外婆』為『家婆』，為了紀念我的父母，所以要外孫這麼叫我。」

其實，有一個更重要的原因。

小龍女的媽媽在她小六那年生病往生，兩年後我和她爸爸因人介紹而結婚。來日方長，往後每個日子，我們都會以家人的身分共度晨昏，為了不讓外人疑惑，為了我愛她，為了我渴望聽人叫我「媽」，因此讓小龍女叫我「媽咪」。

另外還有一個更重要的原因。

外子退休後，我們卜居台中，每年七月南下高雄，祭祀小龍女的媽媽。近年外子年事已高，長途往返覺得有些力不從心，小龍女婚後也定居台中，幾經磋商，於是六月裡一個假日，一起到高雄將牌位接引到大度山七福金寶塔安住。這裡居高臨下，視野遼闊，環境清幽整潔，而且塔相莊嚴宏偉，想來小龍女媽媽一定會喜歡。

自從有了孩子，小龍女經常在電話中跟我分享他的童言童語：

「馬麻快點，便便要『溜滑梯』了！」神來之語，只應天上有。

「馬麻，『棉花糖』會動ㄟ！」說的是飄浮的雲。

「花怎麼沒有力氣了？」柔弱的牽牛花又讓他有了詩的語言。

那天聊著聊著，忽然想起一件事問她：

「妳知道為什麼我要祐庭叫我『家婆』？」電話那端畫了好大一個問號。

「我特地把『外婆』的位置留給妳媽媽。現在他還小，等再大一點，我們應該找適當的機會告訴他，他有一位親生外婆住在天上。可是家婆的愛絕不會比外婆少喔。」

「媽咪謝謝妳，我懂了。就像妳要我叫妳『媽咪』一樣，也是要把『媽媽』的位置留給我媽媽。」小龍女當了母親後確實細心又貼心。

「乖女兒，媽咪沒有白疼妳。雖然我們生活在一起的時間比妳們母女長，她可永遠是最愛妳的親媽媽，我不能，也不忍心佔這個名份，要把最好的稱謂替妳媽媽保留，表達對她的尊重。」

坐在一旁聽我們對話的外子，默默紅著眼眶。

隱含二十多年的心意，在偶然一個氛圍下，平靜的說出來，小龍女媽媽天上有知，一定會投來會心的微笑。

衷心祝福的人

小龍女和荷花差兩歲，結婚間隔兩個月。短期內嫁掉兩個女兒，悲傷多於歡喜，心頭驟然間添了許多皺褶。慶幸都締結美滿姻緣，讓我寬心不少。

第一次見到荷花女兒的夫婿，是他專程從美國回來公證結婚的喜宴上。我送他一個金元寶當見面禮，近距離觀察女婿：平頭、中等身材，一臉憨厚，是個沒有心事的單純男孩。

之後，我在窗前徘徊了無數個季節，終於盼到他們二〇一〇年雙雙歸來。進門，眼珠子唰落在他們身上，等換好室內鞋，迫不及待伸出熱情的雙臂，趨前回抱我的，是才見第二次面的女婿。小心翼翼呈遞兩本自己的著作給荷花，欣然伸手來接的也是女婿。

客廳裡還有其他家人閒聊。女婿窩在沙發，聚精會神，埋首書扉。

他正專注探索一個未知，但與他的妻子有關的往事。以他九歲隨父母移民美國，會說些華語，及書寫簡單中文的有限能力，可看得入心？書中蘊含的哀怨可能體會？眉宇間有好奇，有苦思，我被他的認真深深撼動！

那個夜晚很斑駁，很美麗，再重逢不知哪年哪月。他們轉身離去時，迴盪間，我記住女婿善良的眼，忍淚說再見。感應到他的心是柔軟的，容易親近的，遺憾我們沒有機會多相處。

小龍女的夫婿，臉上永遠帶著親切笑意，行事達觀從容，撫慰了身邊每位關懷他的人。五官俊秀，眼神和煦，讓人心安，彷彿跟著他走，就可以找到幸福。

記得我家老媽初見未來的孫女婿，立刻就被吸引，眼睛發亮，旁若無人似的朝他直直走去。女婿溫雅的舉止，柔和的嘴角線條，勾住老人家的心，說他是「師奶殺手」，毫不為過。

這些年，他陪伴多病的父母，焚膏繼晷，在所不辭；面對老病死別，沒有怨懟恐慌，依舊清風朗朗，見不著陰暗。

上班再累，晚上回家，也要跟兒子在浴缸戲水，小外孫享有最溫暖的父愛。

小龍女的夫婿孝順父母，愛妻疼子，也為岳父母盡心。經常帶些美食回來分享，載二老風景區走走，有他在的那天，日子特別閃亮溫馨。

社會是個大染缸，兩位女婿在十里紅塵，還能保有純摯清亮的性情，除了親家調教有方，我相信也是天性使然。

愛，從來就不是簡單的事，然而女婿們都做到了，和我的女兒共同畫出生命的圓，輕快的跳著舞曲，步步人生都華麗優美。

緣，是一種看不見又奇特的引力，把原本陌生的男孩拉近，與我結為親人，疼惜我的女兒，值得我用一生的愛祝福。

惜花更憐人

那年二月份，杜鵑提早紅遍台大校園，三月接著流蘇雪登場，唸大三的姪女功筑一聲呼喚，花意人情，撩動我心，於是，花開的季節，我來了。

椰林大道旁、圖書館轉角，活動中心前、郵局對面，隨意走走，都可見到流蘇花的倩影，遠看一片白皚皚披掛枝頭，恍如初春的一場瑞雪。如針狀放射的白色花片，嬌依綠葉，素淡雅潔。落花細如絲，不沾塵泥，飄逸引人。看看花，又看看身邊的功筑，雙十年華，氣質靈秀，與流蘇花同樣擁有一股纖柔的美，閨秀風姿，脫俗絕倫，在我心底，惜花，更偏憐這個小女兒。

徜徉醉月湖畔，我在老樹前佇足，關心她的所學——生化科技，以及將來出國讀研究所的計畫：

「像妳這麼柔弱的女孩，真難以想像，整天窩在實驗室研究免疫系統、幹細胞的專注模樣，是怎麼樣的動力驅使妳選擇這門學科的？」

「是我爸。我想探索癌症的奧秘，到底是怎麼產生的，要怎麼克制它，總有一天能研究出來。」

我假意仰頭去看昂然的白千層，勉強擋住淚水潰堤。不知道它活了多少歲月，一層層褪去的樹皮，道盡生命過程必經的風霜。不經淬鍊，不足以言人生，樹也如此。

姪女六歲那年，她爸爸罹患絕症，撒手人寰，可憐的孩子，連他的容貌都還來不及記清楚。就讀小四那年春假，來我家做客，傍晚我們牽著狗兒子皮皮，在麻園頭溪畔散步話家常。談起從前種種，她總是以「以前我們全家都還在的時候……」來推算年代，或做話匣子的開場白，聽了心酸。如今小女孩長大了，有著承襲自爸爸的深邃眼眸，花樹下長髮輕拂，任誰見了都動心；早慧又心地純善，尤其讓我疼入心肝。

逛了大半個校園，又回到那棵初見的流蘇花下。它是提供種源的採種母株，子孫綿延於台灣各園區。平日愛逛花市，總覺得那的花草美則美矣，給人的不過是浮景掠影，巧妝粉飾，未若深植土地的大樹繁花，千姿百態，秀美蒼勁，才是真實的生命力。台大校園像一座森林公園，功筑有幸在這所殿堂沐浴薰陶，將來發揮所長，貢獻人類，弟弟來不及盛放的生命，也該了無憾恨了。

椰林大道上深情的跟功筑揮別，未來不論她走多遠，都有我的祝福。流蘇花花期短暫，下一季探花要趁早。

夜語

孩子，在這靜謐的冬夜，能跟你說說話談談心，是最溫暖的事，屬於我的時光已漸漸沒入昏暗，特別珍惜你帶給我的美好。

手機中很多朋友傳來的資訊都說：現代人六十到八十歲是黃金歲月，要多享受且充分利用退休生活。但是我從小多病，六十五歲那年更因為脊椎病變，使我的健康迅速退化，多次掛急診、每日進出醫院，肌肉流失，腰腿無力，衰老得如同風燭殘年，不知如何「享受利用」。已不大敢正視五官，洗過臉後，只站在昏暗處胡亂塗幾滴乳液，交差了事。至於眼袋、皺紋、鬆弛的肌膚、凹陷的雙頰，就不管了，也管不了。還放不下染髮這檔俗事，每個月總要糾結幾天，又無奈的調和染劑往頭上抹。

老跟醜是孿生兄弟，也就罷了，那是自然法則，由不得自己。病痛無錢，身邊又無人，連上醫院都成問題，那才可怕！

身病之外心病更難醫治。人前的歡樂容易偽裝，心中真正的疼痛只有自己最清楚。孩子，我的痛，有許多是隱忍沒說出口的。常想，自古以來功臣良將或販夫走卒，蒙冤下獄枉死歹活的不計其數，那麼平凡如我，為小我的思兒念女所困，為大我的父母、陳氏家族，背負重責大任而奔波，卻屢遭無情的親人扭曲妒害，在天底下也不是什麼新鮮事，就不必辯駁了。

我心澄明，某些親人比沒有血緣關係的人更狠毒可怕！

多次歷經生離死別，是我憂患寡歡的最大因素。在遭遇的當下，我曾自問：妳真的可以承受這麼沉重的打擊嗎？冒死擔下這從天而降的霹靂雷火，換來的是永生永世的痛苦烙痕。

常常想起你爸。

雖然沒有他高大，然而你重疊著他的輪廓，每回見到你，總有幾秒鐘的凝視與恍惚。

我們聊你爸，你訴說童年記憶中的他；我補充你出生之前的他。你們有一個模子刻出來的前額、後腦勺；有來自陳家遺傳的白皮膚；有雷同的捲髮與可愛的暴牙。我有義務拼湊他四十一年的紅塵紀事，讓你完整收藏。

失衡的少年，青春期走得並不平穩，經過多少衝撞，跌倒再站起來，終於在生命轉彎處遇見救贖。

小樺是個陽光女孩，臉上永遠掛著自信的笑容，樂業敬業，美麗進取，在你情緒最低潮的時候如春風般振奮了你，願意和你攜手相伴，同甘共苦，締造幸福家園。

像你爸一樣，你也把所有的愛傾注在家人身上，尤其對小德宇更是照顧教導得無微不至。職場轉換跑道的潛沉期間，多虧賢妻裡外照應，沒有後顧之憂，你心有所屬，愛有方向，才能每天活得有朝氣有信心。

我對家族的愛和夢，已不需言語說明，我寫的書足以道盡一切。相見一回老一回，交棒給你，對你是有期許的，你肩負陳家在台灣這個支脈開闔的關鍵樞紐。孩子，你有江南書生儒雅的風度，也有打擊罪犯英氣逼人的豪勇，我深知你不會久為池中物，有朝一日必衝飛上天！

每當我心感覺荒涼與孤單，有你叮嚀問候就是最大的慰藉。想你們仨的時候，我看緩緩飄動的白雲，心也慢慢沉靜下來，有一天我老到思維只剩一片空白，你仍然會握著我的手。那曾經照過陳氏祖先的明月，照著你我，照著我心愛的德宇，你們踏著先祖的印跡引吭前進，放心的去拓展生命範疇，創造人生不同的精彩。

無盡的思念在暗夜中流轉，幾許心中語，猶有未盡意，孩子，留著下回再敘吧！

2018.3.11小樺生日，攝於西堤餐廳。

長河悠悠

父親過世後，母親慎重的將他最後的遺物交給我們姊弟收藏，母子三人都有無法言喻的沉痛沁入心底。我把它們用塑膠布層層包裹，又用橡皮筋紮緊，放進銀行保管箱的最裡層，以為今生在沒有行走到盡頭之前，不會有拂拭記憶之門的機會和勇氣。

轉瞬，三十七個悲歡過去了，二〇一四年七月，內心幾度浮現的強烈需求，迫使我亟須完成一件大事，於是小心翼翼把它們從保管箱中取出，它承載的意義將有大用，不再只是封存於箱底的陳年古物而已。

銀圓在爛成碎片的塑膠布中，露出沉甸甸的，幾乎翻轉中國近代史的銀灰色頭顱，足足二十個。命運安排下，我與它們終究於紅塵中再次相逢。

取回家，帶起老花眼鏡，在水龍頭底下，用軟毛刷沾了牙膏，來來回回細細的，在正反兩面摩挲，為袁大頭百年來首次淨容。

午後，屋內尋常般寧靜，我眽眽審視著冷酷的鑄像，幽幽開啟銀色門扉，走入歷史現場……

手上這個圓圓胖胖光著頭顱的，是僅在歷史課本上短短出現幾行記載，卻影響中國國運和錢幣史極為深遠的袁世凱，清末至民國初期的軍事、政治強人。政治上的失敗者，在幣制改革上卻是位成功的締造者。

辛亥革命後，袁世凱為了解決軍費和提高個人政治地位而發行銀圓貨幣，因為這些銀圓鑄有他的側身圖像，而有「袁大頭」的代稱。銀幣面值分別有壹圓、五角、貳角、壹角，而以壹圓的最為通行。它出現後很快便取代了清朝的「龍洋」、「鷹洋」，而在全中國流通起來。

上個世紀的古董，因曾經是流通的貨幣，再加上戰亂背景，現今在國際銀幣收藏市場上翻了好幾個身，成為商人炙手可熱的收藏品；如果是罕見的簽字版壹圓幣值，更是珍品，拍賣行情難以估算。

第一批銀幣是民國三年由天津廠正式開鑄的。我手上的壹圓銀

幣，正面鐫有「中華民國三年」幾個字樣，恰好驗證了它的身分與歷史地位。因為是第一批壓鑄出廠的，鋼模版剛開始壓鑄時還是冷的，因而有比較深的光澤，而且紋理清晰，縱然年深日久留有些微清除不掉的晦暗，外圈的走珠紋依然粒粒可數。

翻轉過來，背面中間有浮刻的「壹圓」字樣，左右兩邊為精美如稻穗般連綴的圖案，嘉禾結穗處有兩個「0」形結成的「8」字形朗朗可辨，這也許就是傳說中的「記號」？

相傳造幣當時，有些監鑄官員不想同流合汙，做偷斤減兩降低銀圓成色的勾當，為了表示自己的清白，特地在他監鑄的民國三年袁大頭背面的結穗處做一個暗記，以茲區隔。

這個故事的真實性有多少？當時監鑄的官員是哪些人？做暗號以示剛正不阿的清流又是誰？可能已經無從考核。

七月溽暑，冥冥中那股隱隱然，卻又極其強大的吸引力，驅使我與百年滄涼近距離凝眉。從不知我內心深處沉睡著這麼大的渴盼，如今他將要甦醒。

袁大頭是北洋政府在民國三年公佈的《國幣條例》中所確定的國幣，在中國銀圓史上有他一定的地位。這些銀圓歷經軍閥割據、對日抗戰、國共內亂，一直流通到民國三十九年。這當中，由於局勢擾攘，民生日用的紙鈔一日數貶，銀圓始終具有保值作用，是人人爭取的對象。當時的達官貴人和庶民百姓，搋著它穿街走巷，謀求食衣住行，並不知道它正身處在巨大的洪流中顛沛流離，成為日後大時代的見證。

母親在世時曾經說起這幾枚袁大頭，是父親用性命換取來的。中國長年爭戰，微塵眾生日子過得艱辛，對日抗戰那些年，父親在重慶教書，為了多謀點生活費，經常搭船到別的學校兼課，有幾次風高浪大，差點葬身江底。

「就是為了這幾個銀圓！」言談中，母親語氣十分悲切，那是小市民向苦難歲月吶喊的心聲。

父親是讀書人，在亂世中充滿政治改革的夢想，在師長引薦下加入青年黨，但二十多歲的年輕人真正知道自己要追尋的是什麼嗎？以為對世局不滿，憑著筆墨針砭就能立番功業，等到真正涉身，局勢越到後來越令人愕然失措時，才驚覺所謂抱負所謂理想，在權謀詐術下早就滅絕蕩然。曾經沸騰過的熱血，旋即蒸發為灰煙，在時代一隅飄散，終致無影無蹤。

父母親當年帶了多少枚離開家鄉？是纏縛腰間？壓在箱底？還是密密實實縫在衣被內，夾藏到台灣來的？他們在世的時候我不懂得問，現在這個謎團蒼天也無語。

父親過世那年弟弟二十四歲，在外地工作，鮮少回家，還未脫離少年時期的漫不經心。幾年過後有了家室，突然清醒過來，在職場上發憤圖強，努力衝刺，而且疼妻惜子，將所有的愛挹注在他的新天地。然而四十一歲，旭日般的壯年，生命卻迅急劃過天際獨向青塚，留下老母弱妻，和一雙稚齡兒女。

姪兒功洛新婚不久，有天我接獲他泣不成聲的電話。原來那天是他爸爸的冥誕，在開車的途中又想起他。思念的痛徹多年來不斷撞擊，致使他多次瀕臨崩潰。而他的妹妹長大後，不時在電腦上搜尋記憶中的老爸，抱著她坐在膝上哼唱過的英文老歌。失怙至痛，聞之，神人同悲。

至於當年母親親手交託給弟弟的銀圓，不知遺落在大千世界裡的哪個旮旯縫縫。此後，我經常在心中默念：弟弟，我又幫你多看了你的兒女幾眼。孩子慢慢長大，畢業、戀愛、成家、生子，每個重要階段他都未曾缺席。

五月間，功洛在時光淬煉下，已經形塑好完整而且成熟的人格，具備鐵漢柔情的特質，又為陳家續了香火。小德宇是弟弟的孫子，和我是血緣至親！功洛從小與我親近投緣，可以促膝談心、論文學，因此認他為子，以享有兒孫親情的心願日益篤定，這二十枚銀圓就是信物。

先跟功洛提出：「兒子！」向來我都這麼叫他。「謝謝你為我添了孫子。我們本來就是一家人，如今親上加親，情感更為濃密。以後稱謂也無須改變，你仍然叫我『姑媽』，反正『姑媽』本來就有個『媽』字。」

又跟弟妹解釋：「我不是跟妳搶兒女，而是以後多了個人疼他們。我的養老、喪葬費用都已經準備妥當，方式也規劃就緒，不會讓你們添負擔和壓力。我要的只是一份親情，讓我的愛有方向，不再感到孤單無依。」

弟妹緊緊環抱住我，我知道我們已經圓滿幸福的走在一起了。

父母親知道三十七年後，我這個嫁出去的女兒替他們所固守的飄洋過海的信物，即將要回歸陳家，完成我一生的責任了嗎？

終於等到七月吉日，那天陽光照在屋宇特別斑燦。德宇才兩個多月大，在媽媽懷裡睜著大眼四處溜轉，參與第一場陳家盛典，似乎也感受到濃濃的親情。功洛神情肅穆，雙膝落地，高舉雙手承接。這跪，跪的是母子恩情；這接，接的是陳家子孫的繼往開來世代傳承。

心願終於完成，而且有子有孫繼承衣缽，人生何憾？欣慰的淚水布滿霜面。

扶起兒子，叮嚀他務必要珍惜先人遺物，感念爺爺奶奶遠離家園的辛酸血淚。他躬身回答：「謹記姑媽教誨，絕對永遠保存，代代相傳。」

「今後不會再清洗袁大頭，願能保有它今日的樣貌。紀念物品本就有滄桑味，歷史的、國運的、離亂的，這些厚重斑駁的戳記，豈是一支幾十元的刷子可以刷盡。」兒子真摯懇切的表達了心聲。

我出生的年齡正好銜接政權分合的終點與起點，命運和責任彷彿是隻無形的手，驅趕我走過無數交錯的路口，帶著傷痕走到暮年。世界變化得太快，政治、人命，深沉的痛都會過去，總有一些還在繼續……。

生命的長河悠悠流轉，凝望前塵，繁華不過一夢，憂歡悲喜、功過是非終將走入歷史。南風如歌，千陽似錦，情感的起伏啊，仍是不歇不止。

晚風中小手牽大手

母親驟逝那年，我成了徹徹底底的孤星，所有人事打擊、身心病痛，都趁機惡狠狠的過來踹我幾腳，日日夜夜，淚水收藏我人世間的嘆息與癡怨，武裝了幾十年的堅強與看似悠閒的步調，一夕間崩毀。我很清楚心中那巨大的空洞，是因為失去親情所致，錐心之痛，終究奔流到海不復還。

就在我以為空虛委屈再也不會退潮，上蒼竟賜給我一項奇妙恩典，一個新生命在我們陳家誕生了！

我在嬰兒室外凝視他熟睡的憨態；諦聽忽然間夢醒時宏亮的啼哭聲。

剛開始我沒有手機，深夜守在電腦前，等剛下班的新手把拔傳來照片，我要在第一時間擁抱。他輕輕顰眉、淺淺微笑，甜甜夢花開在眼前，是我每日最極致的享受，很幸福的陷溺其中。

那小小紅紅扭動的身軀，是帖良方，專治心靈的疑難雜症。歷經一九八三，二〇一一年我再度搗著傷口匍匐在一片死蔭，黑暗中，先是功洛不時來電安慰，稍解我胸口鬱痛；接著媳婦、孫子相繼踏進家族列車，帶來春天。我慢慢仰頭向天，遠處熹微有光，於是掙扎著坐起，睜大雙眼，心口劇烈起伏，凝望著前方，兩大一小手牽手的人影，正飛奔而來……。

按照族譜字輩，我們為他取譜名，小名叫嘟嘟。他是雄弟來不及見面的嫡孫，我用我的眼，幫雄弟凝視每一吋肌膚。流著相同的血緣，他也是我的孫子。

愛孫六個月大以前，我體力還好，可以每個月去苗栗探視，含飴逗孫享天倫。後來腰膝疼痛加劇，行走不便，功洛幾乎每個月帶著太太孩子回台中和我團聚。每週line影片給我，嘟的翻身、坐爬、長牙、學步、牙語，點點滴滴，我彷彿親見參與，隨時可以攬孫入懷。簡單平凡的親情就是幸福。

愛看他柔細的肌膚配上粉色包屁衣，更襯托他的白皙和鮮嫩可口。

愛看他舞動手腳，打在幫他換尿布的把拔身上，據統計，平均每個月兩百下。

愛看他意志堅強，學翻身、走路時發出「ㄟ呀！」的激勵聲。

愛看他舉起肥短的肉腿，這間房走走那間房串串，好奇的打量週遭。

愛看他在郊外東拔拔綠草，西撿撿樹枝的驚艷表情。最嚇人的是，有次發現一坨其貌不揚的泥塊，說時遲那時快，迅雷不及掩耳的放入口中。

愛看他把積木一樣樣藏進他的床頭祕密基地，又一件件扔出去；這個玩具敲幾下，那本書翻幾頁；又開「火腿」，大爺般靠在枕頭上看巧虎。家不就是可以毫無顧忌的回歸天性，可以無懼無束享天倫的地方嗎？

他現在已經會叫爸、媽、奶奶，發音最精準的是他在天上當星星的「爺爺」。

這個世界太大，人聲鳥語，風動葉落，都有小德宇探索不完的事物，他正在成長，一步步丈量大千紅塵。長大告別純真，盼他仍能勇敢往前追尋，沒有任何無奈，不必面臨人生殘酷，活得坦蕩有尊嚴，做個有用且溫暖的人。

他是我深情之所繫，願能傾力守護這陳家的寶貝骨血。他的一生和陳家黏貼相融，家族就是江湖，德宇會從中學會些什麼，得到些什麼，建設些什麼。

不管將來記不記得我這個姑奶奶，都要感謝德宇幫我按亮心燈，小手牽大手，晚風中悠然徐行。

人間重晚晴

今年是個豐收年，功洛轉換跑道，再度考上公職，功筑離開中央研究院的工作，朝她規劃的人生藍圖繼續邁進。姪女研究所畢業撥穗典禮那天，看見她媽媽喜上眉梢，臉也圓潤了些，心頭又欣慰又感傷。

弟弟罹癌那年，在正規的中西醫療外，弟妹四處求神問卜，用盡心力幫他借壽延年，跪在廟前不起身，愛夫情深，日月同悲。終究敵不過病魔，十個月後弟弟還是飲恨黃泉。才三十多歲，驟然間她老了許多歲月。功洛十二歲，功筑六歲，站在生死的交叉點，惶惑、不安、孤單、怨尤，四面埋伏，孤兒寡母艱辛的日子，在罕見的駭浪中展開。

功洛驚怯的問他表哥：「沒有爸爸了，我要怎麼跟同學說？」

「你爸爸跟病魔打仗，是光榮地犧牲，不是什麼丟臉的事，你就照實說，不用害怕。」表哥勉強抑住悲痛，艱難的安慰。

從那以後，功筑每每以「當我們全家都還在的時候……」做時間分水嶺，隱含刻骨的思念。懵懂中，早升起以研究人類基因的生命科學為職志，全力向癌魔挑戰。女兒花本應盛開在藍天白雲下，卻整日埋首實驗室，弟弟天上有知，定會無比心疼。

生從何來？死從何去？沒有一位導師給我們正知灼見來明示，全憑一股神祕的力量安排。生命陷落時，摸索、跌撞、掙扎、頭破血流，自己舔舐傷口。

爸媽的骨灰放在慈善寺，弟弟的在和平禪寺，弟妹沒有一天不念佛迴向，不知天庭上這三片落葉，是否偶而吹在一起？她說的因果太玄妙，我不十分了解，然而我能體會，巨大的悲傷壓在心口，宗教是唯一的救贖。我又何嘗不是在蓮花座前找到安住的？信仰帶領我倆歷經重大轉折後，開啟全新的生命，感恩。

早逝的人也好，不必承受世間那麼多風雨，卻苦了單親家庭，大人已經夠愁苦，還要擔心孩子的功課，心理、行為是否正常。經濟也是問題，往往雪上加霜，瀕臨絕路。心酸故事，一輩子也訴說不完。

人生不會永遠滿座，成長中的孩子，有的少了父親，有的缺了母親，每個人心中都有一間傷痛小屋，它不是用來囚禁悲傷與仇恨的閣樓，而是要在小屋裡面對苦難，解決苦難，放下苦難，找到愛和療癒，在絕望的盡頭，勇敢再出發。

功洛顧家，功筑貼心，如今都長大成人，「天意憐幽草，人間重晚晴」，該是弟妹享福的時候了。

母親83歲生日攝於京華煙雲餐廳前。

2016年春節闔家團圓。

附錄　陳氏家族簡譜表

根據一九九九年己卯四月，在重慶合川舉行清明會時，陳氏家族族譜之所載，陳氏先祖陳文明先生，係明朝湖南寶慶府，武剛洲長溪鄉人，立下族譜字輩「文必友福，添思宗祖，萬廷永秀，仲秉彥才。紹先啟遠維功德，士子光榮正道安，丹心英烈增宏旺，慶吉元良善益昌。」一共四十四字。傳至陳秀策（明朝進士，隨子陳仲容入川）、陳秀書兄弟入四川，居住於四川省合川縣石龍場九峰廟。

先父遠志（字光華，號濟中）這一族一九四八年來台灣，係傳自十二代祖陳秀書之後。因族繁不及備載，僅恭錄我高祖陳紹奇以降，至「士」字輩的簡譜於後，供子孫緬懷。

地名簡介：

一、重慶市

是中華人民共和國的直轄市，長江與嘉陵江的匯合處。因嘉陵江古稱「渝水」，故重慶又簡稱「渝」，別名山城、霧都。是長江上游地區經濟中心，西南地區國際性綜合交通樞紐、國際航空樞紐，和「一帶一路」長江經濟帶的聯結點。

抗戰時，國民政府定重慶為戰時首都和永久陪都。此期間，父親先後在川南女子中學、南開中學、青年中學和糧食局工作。

二、合川區

從唐朝一直到清朝都稱合州的合川，位於嘉陵江、渠江、涪江交匯處。一九一三年改為合川縣，是四川最大縣，位於四川盆地東部，距重慶五十六公里。二〇〇六年十月二十二日，設立重慶市合川區，隸屬重慶。

如今的建設是，鐵路、水路、公路齊頭並進，形成重慶通向川北、陝甘等地的水陸交通樞紐，打造和提升重慶的對外輻射力。

三、成都市

自古被譽為「天府之國」，是四川省省會。母親陳李志彬女士老家在天仙橋附近，常去大慈寺、青羊宮等處遊賞。

四、香龍鎮

清代舊名為石龍場，位於合川東北部，緊臨廣安市岳池縣。一九三一年設立石龍鎮，隸屬合川縣第三區，一九四一年改為鄉，一九五三年改石龍公社，一九八二年改為香龍鎮，黃桷村、金龍村、九峰廟，都是它的行政村。面積六十四平方公里，人口三萬九千六百三十三人，是以丘陵和台地為主的丘陵地形。有渠江繞境而流。

五、黃桷村

父親陳遠志（光華）的出生地。人口二千〇九十人，面積六〇・八三平方公里。

六、黃桷樹

又名黃葛樹、黃葛榕，屬落葉喬木，枝葉茂密，葉片油綠光亮，壽命長，百年以上的大樹比比皆是。每年五～八月是開花期，八～十一月結果，球形，黃色或紫紅色。分布於中國大陸華南和西南地區，尤以重慶、四川、湖北等地最多，是重慶的市樹。

七、渠江

到維安大哥家必須坐船渡江，鄉民稱它為渠河。源自川、陝邊界的大巴山的西南麓，北邊一條河水，出自川、陝邊界的米倉山南麓，在渠縣三匯鎮匯合，稱渠江。於釣魚山下姚家溝附近注入嘉陵江，全長七百二十公里。

八、貴州貴陽

維安哥的三子功善率先於一九八四年來到貴陽，其後，功良、功倫、功碧、功珍、功文等弟妹也先後遷入，合川雖還有功賢、功績兩兄弟，但他們的女兒都嫁到貴陽，將來合川將無父親陳光華的血脈了，嗚呼痛哉！

陳氏家族簡譜表

- （十七世祖）陳紹奇　先鼎　啓有（全山）
  - 遠志（光華）
    胡銀瓊（妻）
    陳李志彬（妻）
    - 維定
    - 維安
      羅大蓉（妻）
      - 功賢
      - 功績
      - 功善（博奇）—德沛
      - 功良
        - 健康
          - 泰宇
          - 詩雨（女）
      - 功倫
      - 功珍（女）
      - 功碧（女）
      - 功文（女）
    - 大維英（女）
      劉輝榮（夫）
      - 劉朝建
      - 劉朝友
      - 劉朝瓊（女）
      - 劉朝碧（女）
      - 劉朝蘭（女）
    - 維龍
    - 維賢（女）
      謝永福（夫）
      - 洪凱翊
        王嘉如（妻）
      - 洪苑簌（女）
        周樹勳（夫）
      - 謝淑真（女）
        王哲文（夫）
        - 王祐庭
        - 王紫妍（女）
    - 維雄
      劉庭榆（妻）
      - 功洛（稀岩）—德宇（秉睿）
        曾怡樺（妻）
      - 功筑（女）
        （柔含）

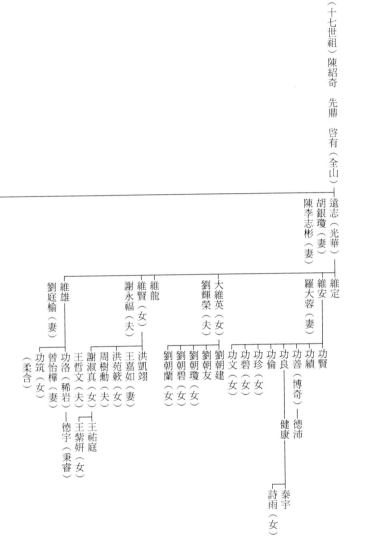

- 遠貴　楊忠英（妻）
  - 維敬　彭家英（妻）
    - 功烈
    - 功燦
    - 功亮
    - 功文
    - 功能
    - 功六
    - 功瓊（女）
  - 維均（女）　毛西才（夫）
- 遠明（曉）　楊幼平（妻）
  - 維揚　鄧明純（妻）
    - 功誠（誠）
  - 維琦（琦）　楊莉（妻）
    - 宇佳（女）
  - 維珂（珂）　燕利（妻）
- 遠秀（女）　符兆明（夫）
  - 符紅雲
  - 符興華
  - 符英（女）
  - 符興旺
  - 符興紅
  - 符平（女）
  - 符紅應（女）

陳氏家族第廿一代女孫　陳維賢恭錄

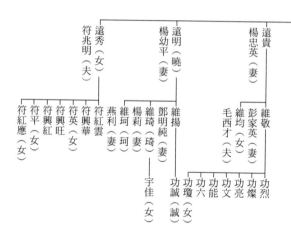

Do文學16　PG1995

凝望

作　　者／陳維賢
責任編輯／劉亦宸
圖文排版／楊家齊
封面設計／葉力安

發 行 人／宋政坤
出　　版／獨立作家
地址：114 台北市內湖區瑞光路76巷65號1樓
電話：+886-2-2796-3638　傳真：+886-2-2796-1377
服務信箱：service@showwe.com.tw
印　　製／秀威資訊科技股份有限公司
http://www.showwe.com.tw
展售門市／國家書店【松江門市】
地址：104 台北市中山區松江路209號1樓
電話：+886-2-2518-0207　傳真：+886-2-2518-0778
網路訂購／秀威網路書店：https://store.showwe.tw
國家網路書店：https://www.govbooks.com.tw
法律顧問／毛國樑　律師
總 經 銷／時報文化出版企業股份有限公司
地址：333桃園縣龜山鄉萬壽路2段351號
電話：+886-2-2306-6842

出版日期／2018年5月　BOD一版　**定價**／390元

|獨立|作家|
Independent Author

寫自己的故事，唱自己的歌

凝望 / 陳維賢著. -- 一版. -- 臺北市 : 獨立作家,
2018.05
面； 公分. -- (Do文學 ; 16)
BOD版
ISBN 978-986-95918-3-6(平裝)

855 107005813

國家圖書館出版品預行編目

讀者回函卡

感謝您購買本書，為提升服務品質，請填妥以下資料，將讀者回函卡直接寄回或傳真本公司，收到您的寶貴意見後，我們會收藏記錄及檢討，謝謝！

如您需要了解本公司最新出版書目、購書優惠或企劃活動，歡迎您上網查詢或下載相關資料：http:// www.showwe.com.tw

您購買的書名：＿＿＿＿＿＿＿＿＿＿＿＿＿＿＿＿＿＿＿＿

出生日期：＿＿＿＿年＿＿＿＿月＿＿＿＿日

學歷：□高中（含）以下　□大專　□研究所（含）以上

職業：□製造業　□金融業　□資訊業　□軍警　□傳播業　□自由業

□服務業　□公務員　□教職　□學生　□家管　□其它＿＿＿

購書地點：□網路書店　□實體書店　□書展　□郵購　□贈閱　□其他

您從何得知本書的消息？

□網路書店　□實體書店　□網路搜尋　□電子報　□書訊　□雜誌

□傳播媒體　□親友推薦　□網站推薦　□部落格　□其他＿＿＿＿＿

您對本書的評價：（請填代號　1.非常滿意　2.滿意　3.尚可　4.再改進）

封面設計＿＿　版面編排＿＿　內容＿＿　文／譯筆＿＿　價格＿＿

讀完書後您覺得：

□很有收穫　□有收穫　□收穫不多　□沒收穫

對我們的建議：＿＿＿＿＿＿＿＿＿＿＿＿＿＿＿＿＿＿＿＿

＿＿＿＿＿＿＿＿＿＿＿＿＿＿＿＿＿＿＿＿＿＿＿＿＿＿

＿＿＿＿＿＿＿＿＿＿＿＿＿＿＿＿＿＿＿＿＿＿＿＿＿＿

＿＿＿＿＿＿＿＿＿＿＿＿＿＿＿＿＿＿＿＿＿＿＿＿＿＿

請貼
郵票

11466
台北市內湖區瑞光路 76 巷 65 號 1 樓
獨立作家讀者服務部 收

（請沿線對折寄回，謝謝！）

姓　名：＿＿＿＿＿＿＿＿ 年齡：＿＿＿＿ 性別：□女 □男

郵遞區號：□□□□□

地　址：＿＿＿＿＿＿＿＿＿＿＿＿＿＿＿＿

聯絡電話：(日) ＿＿＿＿＿＿＿＿ (夜) ＿＿＿＿＿＿＿＿

E-mail：＿＿＿＿＿＿＿＿＿＿＿＿＿＿＿＿